U0525495

一代公仆
王连生

冯金彦◎著

春风文艺出版社
北方联合出版传媒（集团）股份有限公司
·沈阳·

图书在版编目（CIP）数据

一代公仆王连生/冯金彦著. —沈阳：春风文艺出版社，2023.6
ISBN 978-7-5313-6446-7

Ⅰ.①一… Ⅱ.①冯… Ⅲ.①传记文学—中国—当代 Ⅳ.①I25

中国国家版本馆CIP数据核字（2023）第097715号

北方联合出版传媒（集团）股份有限公司
春风文艺出版社出版发行
沈阳市和平区十一纬路25号 邮编：110003
辽宁新华印务有限公司印刷

责任编辑：姚宏越 孟芳芳	责任校对：张华伟
封面设计：鼎籍文化 徐春迎	幅面尺寸：145mm×210mm
字　　数：197千字	印　　张：8
版　　次：2023年6月第1版	印　　次：2023年6月第1次
书　　号：ISBN 978-7-5313-6446-7	
定　　价：50.00元	

版权专有　侵权必究　举报电话：024-23284391
如有质量问题，请拨打电话：024-23284384

一个永远把人民放在心里的人

2021年，在庆祝中国共产党建党百年之际，党中央在全党集中开展党史学习教育，中共桓仁满族自治县委站在历史与文化的高度，深度挖掘整理王连生同志的模范事迹汇编成书，作为党史学习教育的鲜活教材，以史育人，是一件功在当代利在后代的大事与好事。

此刻，读着这些关于王连生的文字，读着这些既感动又熟悉的故事，我的内心又一次次被深深打动，往事历历在目。

记得30多年前的那个傍晚，病重的他把我叫到医院的病床前，郑重地嘱咐我替他做三件事。那一刻，他憔悴的目光中满是眷恋与不舍，有对生命的眷恋，更多的却是壮志未酬的遗憾。

1986年5月14日的深夜，送他的遗体回下甸子的汽车从县医院开出来，原本清朗的天，顷刻之间大雨如注。站在雨中，看着汽车微弱的灯光渐渐远去，目送挚爱的兄长静静离去，泪与雨水交织在一起。

点点滴滴的回忆，苦涩也温暖。同在县委工作，我们两个人却聚少离多，他留给我的总是匆匆的背影。他一次次出现在化肥厂、机械厂、煤矿，一次次出现在水库、工地、田间地头……

王连生是一个朴素的人、善良的人、智慧的人、清廉的人，我始终不能忘记他的公仆情怀与高尚情操。他眼中有民，心中有爱。担任县委书记之后，他住的还是几平方米的土炕，还是卷着旱烟，还是在食堂站排打饭，还是不挣工资挣工分，干干净净做事，干干净净做人，两袖清风，一身正气。当支部书记，在下甸子人民心中，他是陈永贵；当县委书记，在全县人民心中，他是焦裕禄。

与王连生在一起工作时间久了，耳濡目染，他让我明白了许多道理：一个人活着的意义是什么，一名共产党员生命的意义是什么，一个基层干部的责任是什么。

王连生离去之后，桓仁依然有很多干部以王连生为榜样，像王连生一样努力学习和工作，这是王连生留给桓仁的精神财富，也是留给这个世界的精神财富。

诗人臧克家在纪念鲁迅的诗中有这样一句话："他活着为了多数人更好地活着的人，群众把他抬举得很高，很高。"这句话准确表达了桓仁百姓对王连生的爱与怀念。

一个人，需要精神的支撑。一座城市，也同样需要精神的支撑。

榜样的力量是无穷的。王连生虽然离开我们30多年了，但他的思想、品德、作风，依然是每一个桓仁人学习的榜样，是每一名共产党员学习的榜样，是每一个基层干部学习的榜样。王连生、李秋实、张金垠等众多模范同桓仁人民一起铸就的精神丰碑，现在与未来都是推动桓仁发展的不竭动力。

岁月流逝，精神永存。

(中共桓仁满族自治县委原副书记、县人民政府原县长、县政协原主席)

目 录

序章　生命的渺小与灵魂的高大 —— 001

公心为民

一座城与一个人 —— 007
根除养猪隐患 —— 011
清理欠款 —— 015
安居才能乐业 —— 018
治理林业两乱 —— 021
民以食为天 —— 023
山沟里的常委会会议 —— 027
挣工分的县委书记 —— 030
学习止疼 —— 033
谁来了 他都不请客 —— 037
不拘一格用人才 —— 041
　座楼与　座城 —— 014

生动年轮

他山之石 —— 049
神圣的荣誉 —— 054

大寨在心间	058
礼与情的重量	060
牙疼也是病	063
缺粮的故事	065
一间半草房	068
良药不必苦口	071
与疾病搏斗的日子	074
清白在人间	080

逐梦乡村

在下甸子安家	087
从互助组开始	090
种树也有学问	093
紫穗槐串带	095
梯田与祖坟	102
封山育林	105
和烂石滩要地	108
半截沟水库	112
葡萄架岭下的水声	117
下甸子的"红旗渠"	119
漏河之痛	125
杨柳埋干	131
种子与产量	133
下甸子有了拖拉机	136
下甸子电站	140

小煤矿的大作用	142
5分钱挂号费	144
生产队队长	148
创业连 特殊的队伍	150
百姓无小事	152
一心抓好教育	156
下甸子篮球队	158
严格是爱	160
下甸子时间	162
文化是灵魂	165
远见与卓识	167
村里也能生产洗衣机	169
山楂树与产业	173
一组一品	175

以心印心

老省长的回忆	179
记者眼中的王连生	182
从朝鲜回来的孩子	186
命运因为王连生而改变	189
不循常规	193
一个人与一种精神	195
百姓眼中的王连生	200
死了还掀桌子	202
画家笔下的往事	204

温馨家风

严厉的父亲	209
母亲的善良	214
坎坷的妻子	217
我要当兵	219
儿子与寂静的山谷	224
女儿的婚车	227
再饿不能吃种子	229
下甸子兽医	231
我要读书	233
感恩的人民让人泪流满面	235
一个小店与一个人的情怀	239
怨恨的姨父成了人生的楷模	241

尾　章 ── 246

序章
生命的渺小与灵魂的高大

雨顷刻之间很大。

雨中,下甸子大队派来的一辆汽车把王连生接回下甸子,接回故乡。车灯的光亮,把浓浓的夜色撕开了一道口子,也把人们的心撕开了一道口子。

这是1986年5月14日。

灵棚设在王连生家院子里。

院子小,只有几十平方米,负责搭设灵棚的姜友林只能把木头直接架在院里一棵海棠树上。灵棚简陋,时间匆忙,甚至连一张遗像都没有。

下过雨的地面潮湿,脚踩下去是一个深深的印迹。

一早,知道消息的下甸子乡亲,陆陆续续来到王连生家。

刘长禄在王连生灵前跪下,失声痛哭。亲人远去,恩人远去。他把王连生对自己的好,几十年的好一件件地讲述出来,把藏在他心里很久的事一件件讲述出来。他声音沙哑:"王书记,如果没有你,上次大病,我早就死了。"

他一直守在灵前。

一会儿,他掀开苫单,看看王连生的脸,一会儿,摸摸王连生的手,充满了眷恋与不舍。

杨吉玉是下甸子一队队长。脑出血病危，人已经躺在排子上。王连生从县里请来一名医生。杨吉玉治病期间，王连生天天晚上下班了就去他家里守候和陪伴，整整一个月，杨吉玉抢救过来，又活了12年。

知道王连生去世，已经瘫痪在床的杨吉玉说不出话，只能大声叫着。儿子杨连丰读懂父亲的意思，把父亲背到王连生家。

王连生灵前，他一直握着王连生冰冷的手不放。

王长友守在王连生灵前。他与王连生是在北京开会认识的，交谈之中得知，两个人尽管一个是桓仁人，一个是宽甸人，却都在浑江岸边住，隔江相望，算是半个老乡。脾气相投，秉性相同，从此成为知音。

王长友在上海空军某部工作，休假回宽甸知道王连生病了，就到桓仁人民医院陪护。每天和王连生聊天，给王连生喂饭。眼看假期结束，王连生病情加重，王长友向部队请了假，一直陪在医院。直到王连生安葬了之后，他才回到上海。

1986年5月16日早，在王连生灵前举行了追悼会。

追悼会是桓仁县委、县政府，沙尖子满族镇，下甸子村联合召开。三级部门联合给一个人开追悼会，无论是在当时，还是在现在，都是唯一的，唯一的选择也体现历史的复杂性。

本溪市委发来了唁电。

文字并不多，却很有分量。镇里的人把唁电的文字写在了白纸上，悬挂在追悼会的现场。

李林芝对这件事记忆犹新。1986年，他在本溪市委政研室农村处担任副处长，接到王连生妻子的电话，知道王连生去世，他去找

处长请假要去下甸子。

　　处长也了解王连生,听了他的话,拉着他一起去市委书记丛正龙的办公室。

　　丛正龙听了汇报,沉思一下,安排说,以市委的名义发一份唁电。唁电的内容是:

惊悉省特等劳动模范王连生逝世,表示哀悼。

　　遗憾的是,采访期间,无论是在本溪市档案馆还是在桓仁县档案馆,都没能够查到这份珍贵的资料。

　　追悼会后,王连生的遗体要送到位于六道河子杨家街的殡仪馆火化。下甸子沟沟岔岔几乎所有的人都从家里涌出来,站在一面街到下甸子乡路的两边,送送他们的老书记,他们的兄长,他们的亲人。

人们眼睛湿润。

不知道是什么原因,也不知道是谁,当灵车从身边驶过时,一下子跪在路上。一个人跪下去之后仿佛是一种提醒,又有人跪了下去,狭窄的乡道两边不断地有人跪下去。他们注视着灵车从潮湿的路面上驶过,也从他们潮湿的心中驶过。

云低垂。

漏河呜咽着流向远方。

公心为民

一座城与一个人

桓仁建县的历史并不悠久。

光绪三年（1877），马蹄声踏碎土地的沉寂，寂静的晚霞中，这片荒凉的土地才有一个名字。

县名怀仁，寓意："仁人辈出，令人怀念。"

县有了，城却没有，一个县没有一个可以安放身体与心灵的地方。修筑县城成为一件大事，第一任知县章樾在浑江北岸，筑土为城，土城之内修建几间茅草房，作为临时办公地点，也是修建县城的指挥中心。从光绪三年到光绪八年，他一住就是6年之久。

封禁200余年的怀仁大地人烟稀少，5956平方公里的土地上，仅有违禁垦荒者26531人。如此辽阔的山野之上，把县城摆放于何处，如何摆放，首任知县章樾自觉责任重大，他请来上司东边道尹陈本植。

据民国二十五年（1936）版《桓仁县志》记载，陈本植"精于堪舆"之术。

何谓"堪舆"？"堪，天道也；舆，地道也。""堪舆，天地总名也。"

《辞源》"堪舆"条下说："后称相地、看风水的迷信职业者为堪舆家。"由此可知，陈本植知天文，懂地理，精通《易经》、阴阳八卦学说。

陈本植与章樾两个人四处勘察临时县城六道河子周围的山水形

势，寻觅设城之处。这天，陈本植与章樾登上城边的五女山，站立山巅，极目远眺，发现一个奇中之奇：五女山下，北来的哈达河之水，向南流，而由东向西流的浑江，接纳哈达河水之后，在流经今桓仁镇边缘又向南拐个弯，绕北、西、南三面，流向东南。站在五女山上，俯视哈达河与浑江两条曲线，构成一个天然S形，沿S形周边画线，又成圆形，形成一幅惟妙惟肖的太极图。

两个人大吃一惊，造物神奇。

五女山下天然的太极图，是大自然的鬼斧神工，此处阴阳二气混成，二气首尾相接，犹如一体，循环无端，表示阴中含阳，阳中含阴，一而二，二而一，既对立，又统一。

陈本植按照《易经》太极生两仪，两仪生四象，四象生八卦的学说，建议章樾把县城建于天然太极图之中，把县城设计成八卦图形。为了一座世上绝无仅有的太极八卦城，章樾三次上书朝廷，为工程申请款项。

怀仁城垣设定标准为石根土城，即用毛石做基础，用黄土夯墙。基深5尺，宽1丈4尺；地面之上石基高3尺，宽1丈2尺；石基之上用黄土夯墙，墙高1丈3尺，宽1丈。墙上用石灰封顶。设东、西、南、北4座城楼，楼高二层。初步估算，筑城需银14000余两，挖壕需耗白银3000余两，两项合计18000余两。经费虽然批下来，数额却被户部删减，章樾多方奔走上奏朝廷，勉强保住了预算数额。

具体施工的时候却困难重重。光绪四年6月动工，仅仅开工80天，因天气渐冷便被迫停工。即便这样小心翼翼，第二年春天，墙基与用黄土所夯之城墙还是出了问题，轻者裂缝散落，重者倒塌。

城墙倒塌，筑城工程仅完成20%，朝廷所拨银两，几乎用尽。

作为一个书生，章樾夜不能眠。

不只是章樾，筑城的民夫也苦不堪言。百姓大都居住在山沟，距县城甚远，远者距县城200余里，近者也在百里或几十里。路途遥远，只能在城内临时搭建住房张罗饭食；距县城近的人每日披星戴月，走几十里路上工。多数人家没有青壮劳力，出钱从县外雇用夫役，完成县署摊派任务。

面对此景，章樾再一次上书朝廷，陈述建城之艰辛，百姓之疾苦，希望朝廷增拨资金。同时，他开源节流，带人奔走在山野之间寻找建筑材料。为了节省资金，他就近建设灰窑，外请工匠烧制白灰。工程历时5年，施工28个月。

对于建城的艰辛，章樾在《初建怀仁县碑记》中说："垦辟荆榛，日不遑息"，"日夕督作，不敢少宽"。碑记中还有"民工雇以胼胝，挥血汗兮甚怜"的字句。

章樾自幼能诗文，在怀期间，为怀仁留下《初建怀仁县碑记》《修大岭记》《苦边行》《劝农四时乐歌》等诗文，作品流露着他对桓仁这片土地的挚爱，对劳动人民的深切同情。

建城同时，章樾昼夜筹划，修筑衙署、设置营房、划分保区、清修道路、酌定赋税、开埠通商。以其远见卓识，力驳众议，修通三座阻碍交通的大岭，使百姓深为所苦的问题率先得到解决。他亲自指挥培植水稻，开通浑江航运，鼓励流民种棉织布。他同时深入民间体察民情，秉公执法、废止肉刑。

解除封禁之后，准备设立县制。朝廷派富察人人到桓仁巡察，在三道河子吃到黄毛子大米，他深感意外，把大米带回了京城。慈禧吃过大米，派人圈地种植黄毛子大米，赐名"京租稻"。

光绪八年，任期已满，刚刚修建完城墙的章樾离开怀仁。在怀仁6年，他用5年时间修建一座中国县城建筑历史上史无前例的八卦城，给后人，特别是给怀仁留下一笔厚重的文化遗产。

民国三年，因与山西省怀仁县重名，怀仁改称桓仁。

百年之后，人们没有忘记他，在县城中心建成章樾公园，并且树立雕像，他依旧守望着奋斗过的土地、挚爱的河山。

根除养猪隐患

1974年6月,农民出身的王连生成为桓仁县委书记。之前,1970年他成为县委副书记,在县委领导的岗位上打磨了4年。尽管如此,领导桓仁县数十万人,王连生还是觉着肩上压着一份重重的责任,一份深深的压力,使命如山。

他如履薄冰。

每一步,他的每一个决策都与桓仁人的生活有关,都与一个县的发展有关。

1974年的桓仁县城,斑驳陈旧。

仅有几座小楼,县委办公楼、百货大楼淹没在砖瓦房的单调之中。多数人家房前与屋后,是猪圈、鸡舍、菜地,弥漫着农耕时代的味道。

县城、县城,县的设置有了,城的结构却没有得到具体与细致的体现。

王连生征求大家对桓仁发展的意见,人们最关注的不是诗与远方,而是身边细小与具体的生活细节——养猪问题。

县城里养猪,是桓仁当时一大特色,也是一大弊端,这与县城的管理水平有关,更与那个时代有关。因为生活物资的极度匮乏,生活在县城的居民,开始种地、养猪。

院子宽敞的人家修了专门的猪圈,院子没有地方的就修一个笼子，甚至有人用绳子把猪拴起来养。各家有各家的办法，各人有各人的门道。无论用什么办法掩饰，养猪人家也有一股臭味，一股浊重的臭味在空气中弥漫，在城里弥漫。一家养猪，几家邻居不安。下雨天，猪粪随着雨水流淌，覆盖街巷，人们连窗户都不能开，也不敢开。成群的苍蝇，在臭味中飞着叫着。

养猪影响环境，也影响干部的风气。

1973年，县委抽调100多名干部下乡，不到一个月就有70多人跑了回来。

为什么会产生这种现象呢？

当时担任县委副书记的王连生调研发现，干部人在乡下，心在家里，惦记着家里的猪。

有人公开讲，要我下乡也可以的，给我准备一个月的猪饲料。

有人把猪杀了，到集市上高价卖肉。

县领导家里，也有人养猪。

人民是出卷人，王连生是一个答卷人。

之前的县委主要领导也关注过这个问题，着手解决问题却效果不佳。

知道王连生要取缔县城养猪，大家意见纷纷。

有人认为，王连生是抓小放大，事关桓仁发展的事情很多，一个县委书记不去管大事，是"丢西瓜捡芝麻"。

也有一种观点认为，以前县里整治过城市养猪，没有效果，王连生碰这个问题，只能无功而返。

团县委机关有人想不通，贴出大字报质问王连生要把县委引到哪里去。

王连生和县委几个领导认真做各大机关班子的思想工作，统一认识。在电影院，县委召开千人大会，王连生带领全体常委出席，向群众亮相表明决心。

群众自发去参加会议。

能容纳千人的影剧院，不但座位全满，走廊上也站满人。

县委副书记李鸿芳挂帅，配备两个常委组成领导小组，专门成立一个办公室，对县里各局、站也提出要求，规定一把手亲自抓这件事，每天向县委汇报工作动态。

县领导带头卖掉家里养的猪，带头发动群众。

对符合条件的猪，供销社按任务猪收购。

20世纪70年代，国家统购统销的生猪叫任务猪。收购任务猪是有严格标准的：

> 每头毛重在150斤至180斤的生猪为一等，收购价格可比现行标准级价格提高2%；每头毛重超过180斤或不足150斤的为二等，收购价比现行标准级价格降低2%；每等生猪按出肉率多少分五级（即现行出肉率分等标准一至五级），差价为4.5%。

不符合条件的猪，特别是小猪崽，建议送给乡下的亲属养。

认识到县委解决养猪问题的力度，没有车，机关干部用一根木棍把猪赶到农村。

有人不舍。在一种习惯中待久了，无论这种习惯怎么样，告别都是一种疼痛。

大势所趋，一个月时间，处理971头猪，桓仁县城养猪问题得到根本解决。

解决养猪问题，只解决了问题的一半，另一半要解决城镇群众吃肉难题。当时，为控制生猪收购，建立生猪收购管理体制，县里设立食品公司；公社设立食品站，负责全公社生猪收购工作。它们不管生产，只管收购，农民出售的生猪，要卖给它们。食品站有卖肉权，逢年过节，城镇及非农业人口可以凭票买到肉。

县委副书记李鸿芳带队去食品公司调研，强化收购，把猪从农村收上来，研究如何堵塞漏洞，不让收上来的猪挪作他用。县委做出规定，不经县委同意，任何人不准批条从食品公司采购猪肉。

保证城镇居民供应，每人每月供应三两肉。

看上去非常棘手的问题得到了圆满解决。

工作这些年，王连生从来不怕问题，他认为放弃一次解决问题的机会，如同失去一次发展的机遇。

清理欠款

1974年10月17日,王连生召开县委常委会会议,专题研究清理欠款问题。

根据前期调查形成的材料,全县欠款541.2万元,其中城镇欠款61.2万元,农村欠款480万元。

调查发现,很大一部分干部欠公款。

城镇有人欠,农村也有人欠。

生活困难的人欠,有钱的人也欠,公款仿佛是"唐僧肉",欠的人多了,欠的时间长了,形成了一种理论。

欠款有理论。

欠款合理论。

一个人欠了单位公款,家里失火,发现烧坏4块手表。

一个"五七"战士,每个月都有工资,生活很富裕,吃生产队的粮食却不交粮食款。

一个人欠集体3400元。

严重的县农机厂,全厂欠款42600元,213人欠款,占职工人数的70%,欠500元以上的有24人。

500元,是一个职工一年的工资。

一个公社,公共积累只有32万元,欠款却达40.2万元。

祛顽疾需要下猛药。

敢不敢动这个雷区,是对县委也是对王连生的考验。县委常委会会议上，王连生坦诚地说："大家决心很大，能不能处理，敢不敢处理，关键在县委班子。我们要实行先党内，后党外，先干部，后群众，县委班子带头做起，县委机关马上就动。"

1974年11月2日，李鸿芳在汇报材料中提供一组数据，仅仅半个月时间：

先后召开了4次汇报会。

局、站副职以上欠款65人，有44人已经还清，13人偿还了部分欠款，还有8人没还款。

城镇欠款61.2万元，已经还回67714元。

农村公社干部119名，57名欠款的干部已经有40人还款。

清理欠款，王连生与县委把握了几种情况：

1. 占用公款搞非法活动，除了对本人批评教育，限期还清欠款。
2. 一边欠款，一边盖房和购置四大件，破产还款。
3. 确实生活困难的人，经过群众评议，分期还款。

县委130名欠款的干部，一一还了欠款。

县委副书记李鸿芳工资33元，一家7口人，生活比较困难，几年陆续欠了300多元。

清理欠款中，李鸿芳是一个领导者，他想尽办法还款，东借西挪，还差70元钱。

王连生知道了，从下旬子年终工分兑现的工资中拿出70元，帮他还清。

全县农村清理欠款400多万元。

桓仁县委关于清理占欠款的总结材料中，有这样一段话：全县农村清理占欠款400多万元，如果买拖拉机，能买200多台，全县平均一个大队能分到2台。

欠款如期解决，县委总结了经验：领导重视，有专人抓。办法得当，办了学习班，请家属参加首轮教育，干部刘国权参加学习后，一次还清347元欠款，成为典型。

王连生把这些经验陆续用在治理抢占公房、制止林业乱砍滥伐等问题上，收效显著。

安居才能乐业

远在1200多年前，杜甫作《茅屋为秋风所破歌》，发出"安得广厦千万间，大庇天下寒士俱欢颜"的呐喊。

1974年的桓仁县，机关干部住房条件非常艰苦。当时，干部不能自建房，只有等待单位分房这一条路。一旦单位效益不好，没有能力建房，分房就遥遥无期。

从乡下调到城里的干部，有一套房子更加困难。没有办法，只能两地分居，干部工作在城里，家属住在乡下。

王连生、李鸿芳等县领导，都住在集体宿舍。

一房难求。

于是，出现一种现象：一旦有干部调走，空出房子，就有人把锁头砸开，把家具搬进去。组织上正式分配到房子的人，晚来了一步，望着自己的家却进不去。

纠纷不断，上访不断。

一个人抢占住房，没有得到处理，产生一种效应，"启发"别人也去抢房。有人甚至把自己原来房子卖掉，又去抢一套房子。

1968年，1户房子被抢占。

1969年，9户房子被抢占。

1971年，2户房子被抢占。

1972年，2户房子被抢占。

1973年，2户房子被抢占。

1974年，13户房子被抢占。

形势愈演愈烈，被抢占的房子愈来愈多。

1974年10月17日，县委做出决定：

无论什么理由，无论任何人，5天之内，必须从抢占的房子中搬出去。5天之内搬出去，县委帮助安置；5天之内不搬出去，对干部给予处分，强行搬出去，不再安排住房。

一诺千金，对按照要求从抢占房中搬出来的干部，王连生和县委想办法帮助安置，寻找一个住处。

1. 原来有的房子，能倒出来的都调整出来。

2. 从机关办公室挤出来一些房间。原本局长单独一个办公室办公，现在几个局长挤在了一起。

3. 县里实在安排不了，去县城附近农村租房住，干部每天骑自行车上下班。

农电局一个职工嫌给他倒出来的房子小，去县委闹。

李鸿芳做他的思想工作，做不通，被堵在县委大院不让去吃饭。李鸿芳最后找到这名职工的姑爷，把他接到家里住，矛盾才化解。一件一件问题化解之后，冰山消融。一个事业发展必须面对的难题解开了，一种良好的风气开始形成。

强占公房之外，还有乱建问题。

在县城，有人没有任何手续，不经过审批非法建房，在自己家院子里建房子居住，甚至出租，一户房子的房前与屋后，生出一个个的小房子、小偏厦子。无论是从远处看去，还是从近处看去，都是凌乱的，像是一堆错字。

先是摸清底数。王连生组织专门队伍，挨家挨户统计，一个一个登记在册。群众有观望的心理,也有攀比的心理,服众就要把工作做实。在摸清底数的基础上,县里组织一支施工队,专门拆除所有违章建筑。

一一整治之后,桓仁县城穿上了一件干干净净的旧衣裳。

城还是老城,但是干净了。街上飘来飘去的风,也有了一股淡淡的花香。

治理林业两乱

与城市乱建相对应的是林业上的乱砍滥伐。

一个乱字,在城里与在林地之上,写出的是同样的一份沉重与疼痛。

在林业的理念上或者说生态的理念上,王连生有大视野也有大格局。

在下甸子担任多年党支部书记,治山治水的丰富实践,使王连生得出一个深刻体会,要发展就要保护森林。于是,1956年下甸子开始封山育林。

担任县委书记时,全县乱砍滥伐问题严重,树木砍伐之后的山野荒凉凋敝,水土流失,绿色一点点退却。调研发现核心问题是监管不严,有些制度也形同虚设。问题严重的地方,只要请人吃上一顿饭,送上几盒烟,就可以逃避监管,就可以为乱砍滥伐开方便之门。

黄灯、绿灯,没有红灯。

仅仅十几个工作人员的县林业局孤掌难鸣,没有力量,管不了也管不好全县的林业。

要治理乱砍滥伐问题,只有县委出手。

1975年,全县开始重拳治理乱砍滥伐。制止乱砍滥伐,就要严格审批程序,堵塞所有漏洞,做到令行禁止。

王连生还创新一种工作方法:"倒查"。对1975年之前的问题,每一个单位,每一个人,都要一一说清楚,该处分的处分,该罚款的罚款。不因为时间过去了,事也过去了,由此形成整治林业乱砍滥伐的一种强大的威慑力。

人们已经习惯了不算旧账,以为占便宜就占了。回头倒查,占了便宜的人,要把吃进去的便宜吐出来。

对于习惯占便宜的人来说,很疼。

疼痛从县委开始,从县委领导开始。

王连生宿舍有一个木箱子,是他从下甸子带来的。常委会会议上,王连生带头把自己箱子的来历说清楚,木材从何处来的,哪个木匠打的。县委副书记李鸿芳,从四道河公社调到县里工作,侄女婿送给他一个木箱子,常委会会议上,他也把自己木箱的来龙去脉说清楚,把木料来源的合法性说清楚。县委常委何庆玉是从向阳公社调到县委工作,随身携带的一个木箱,也说明白了来由。

王连生把这种做法叫"照镜子"。

一个人的心,干不干净,我们看不到,但是脸干不干净,镜子会告诉我们。

县委动真格的,下面不敢不动真格的,在压力层层传导下去后,砍伐声从山野之间消失了。

具体工作中,王连生细致区分不同的情况,孩子结婚打箱子使用了木材,查清也并没做处理。

制度是冰冷的,人是温暖的。

桓仁有这么好的植被,有78.9%的森林覆盖率,1975年的故事不应被忘记。

那是一个春天的故事,一个美丽的故事。

民以食为天

桓仁重峦叠嶂，有一个形象的描述：八山一水半分田，半分道路与庄园。

地少。

粮食产量始终是每一个决策者必须面对的问题，始终是一个沉重的话题。桓仁人的很多痛苦与粮食有关，很多幸福与粮食有关。

作为县委书记，王连生要带领全县人民以大寨为目标，努力提升桓仁经济实力。农业学大寨是一个途径，一个手段，根本目的是要实现对山水的综合治理，提高粮食的产量。

对于王连生来说，在下甸子，经过多年努力，他和一班人带领百姓走过了泥泞，粮食产量实现了翻番，给历史一个完美的答卷。

桓仁又是一张新试卷。

学大寨，一个重要方法是修梯田，通过梯田涵养水分与养分，提高地力，提高产量。不只是全县的农村动员起来，县委机关干部星期天也不休息，下乡帮助修梯田。

县委党史研究室主任李镇记得，1975年，沙尖子公社北沟大队第五生产队挑灯夜战。尽管李镇当时还是一个孩子，也跟着大人一起干，负责捡小石头填石墙的空。晚上8时，王连生到五队检查工作。

王连生蹲点在东路，一两个月才回县委一次。

李鸿芳作为县委副书记在县里留守，他回忆说："一年只有大年初一、初二能休息两天。"

一次，正月初三开常委会会议。

李鸿芳没有坐上车，迟到了，下午才赶回到县里。

王连生批评李鸿芳迟到。

李鸿芳说:"没有车。"

王连生说:"没有车,你不好走回来。"

听上去,是没有人情味的严厉。

工作上,王连生对自己是高标准严要求,对县委领导班子的所有人也是。

王连生乡下蹲点,除了发现问题,解决问题,总结经验与典型,还注重在工作实际中发现干部。

李林芝在县委秘书组工作。他跟王连生一起去下甸子,路过田埂,李林芝发现高粱被风吹倒在田埂上,细心的他把倒下的高粱秆扶起来与壮实高粱的叶子拴在一起。

一个细节,让王连生看在眼里。

王连生从一个小小的细节上,看出一个年轻人的责任与担当,也看出了一个年轻干部的格局。

提高粮食产量,化肥是关键。化肥产量决定粮食的产量。

虽然1974年,桓仁的粮食亩产打了一个翻身仗,一个漂亮的翻身仗,平均亩产由150多公斤增长到250多公斤,跨过"黄河"。但是离跨过"长江"还有一定距离。

王连生决定整顿化肥厂。

县委常委邹道诚蹲点在化肥厂,年轻干部被派到化肥厂工作。1975年,王连生主持召开县委常委会会议专题研究化肥厂的工作。把事关化肥厂发展的困难一一列出来,一一化解。煤炭供应是提高化肥产量的关键,王连生把李鸿芳派到暖河子煤矿现场办公。

这一年,化肥产量从5000吨增长到15000吨。

1975年，桓仁的粮食总产量8789万公斤，创造桓仁历史最高水平，平均亩产400多公斤，一举跨过"长江"。

"黄河"与"长江"，是对我国早期《一九五六年到一九六七年全国农业发展纲要》的形象表达。《纲要》根据全国南北不同地域的实际情况，就粮食产量制定了三个发展性指标。形象地说，粮食亩产"上纲要"为200公斤，"过黄河"250公斤，"跨长江"400公斤；"跨长江"后面还有一个台阶，叫作达千斤。

1955年年底，农业合作化运动已达预期目的后，毛泽东把农业发展的全面规划这个大问题提上议事日程。1955年11月，毛泽东在视察杭州、天津等地时，分别同17个省、自治区、直辖市的党委书记共同商定了"农业十七条"，这是第一个全面规划中国农业发展远景的蓝图。1956年1月，第二次杭州会议将十七条扩展为四十条，定名为《一九五六年到一九六七年全国农业发展纲要（草案）》（简称"四十条"）。1957年9月党的八届三中全会加以修改。10月25日，中共中央将《纲要》正式下发，随后发出指示，要求对此展开全民讨论，再做修改。1960年4月经第二届全国人民代表大会第二次会议讨论通过，作为正式文件公布。为农业和农村的发展制定中长期发展规划，这在中国历史上还是第一次。

山沟里的常委会会议

工作要上去，干部要下去。

这是王连生长期的工作方法，也是他的工作理念，更是一个颠扑不破的真理。

王连生始终记得和陈永贵的交谈，陈永贵坦诚地对王连生说，一个干部，如果脱离了劳动，就听不到群众的真话。

职务上去了，王连生的根还在泥土之中，人还在群众之中。用现在一句时尚的网络语言，王连生不是在乡村，就是在去乡村的路上。一个人下去是王连生的工作习惯，桓仁县委的班子都下去，是他的工作方式。

1975年，县委13名常委，2人病休，2人在县里值班，剩下的人，分别带队到东路、西路、南路、北路蹲点工作。县革委会，11名常委，留下5名，下去6名。

15名县委领导常年在基层，340名机关干部常年下乡蹲点，约占当时全县572名机关干部的60%。

县委领导和普通干部都在群众之中，在山水之间，在希望的田野之上。干部离泥土很近，干部的作风也像泥土一样朴实。

人在乡下，会也在乡下。

王连生一年大部分时间都是在乡下蹲点，县委常委会会议也经常在乡下召开：下甸子、雅河、北沟……大山深处的小小村落都开过常委会会议。每次开常委会会议，常委要从自己蹲点的地方，坐

上公共汽车，一路颠簸赶到会场。

县里，没有领导干部用车。

县里条件艰苦，只有一台破旧的吉普车。常委坐公共汽车去乡下开会是常态，坐公共汽车去蹲点是常态，也是一种习惯。

车子旧，就有故事。

王连生去省里开会，司机从来不敢坐在车里，路过的人们问他那是谁的破车，他不好意思。每次，他都找一个偏僻的角落停车。

一次，县里领导去集安学习，桓仁县委的旧吉普跟在人家十几辆轿车后面。轿车绝尘而去，飞扬的尘土落在后面的吉普车上，满车尘土，每一个人身上也都是尘土。

省领导也关注到王连生，嘱咐省委机关办公室，让王连生去省委机关车库随便挑一辆车。

省委机关车库的好车琳琅满目,司机心有一点小激动。不承想,王连生只是选了一台211吉普。

他说:"好车,我们养不起。这车,下乡使用。"

司机一起议论这件事就说,王书记是不是有点傻。

挣工分的县委书记

王连生是挣工分的县委书记。

全国2000多个县，王连生是唯一挣工分的县委书记。他每年按照下甸子大队干部的工分标准，得到工分数，按照下甸子大队的工分值领工资。

他有3次机会，成为一名直接拿工资的干部，3次他都拒绝了。每一次，他用的都是一个相同的理由。

1961年，王连生担任沙尖子公社党委副书记。

县里审批他转为干部，行政二十一级，工资52元。

王连生不同意。他说，我和贫下中农一样挣工分，吃一样饭最合适。钱多了，生活安逸了，容易忘本。共产党员也不是刀枪不入的，要保持自己不变色，就要永远不脱离贫下中农。

年终，他依然在下甸子大队参加工分分配。

1972年，市里将一部分从农村调上来的干部由挣工分改为挣工资。

王连生作为桓仁县委副书记在名单之上，根据市里文件精神，桓仁县委主要负责同志与王连生谈话。

负责同志对王连生说："你已经担任桓仁县委副书记，按照市里的文件精神，准备将你改为工资制，今后就不再回大队参加工分分配。"

王连生不同意，他坚持挣工分，理由是：

一、去年全县受灾了，群众生活困难。

二、下甸子广大贫下中农的收入还不高，我要是改工资了，就脱离了群众。

1974年，王连生成为桓仁县委书记，他还是坚持"三不"原则：一不进城，二不变户，三不挣工资。职务变了，农村户口不变，挣农业工分的方式不变，吃农村户口粮的身份不变。

1961年成为公社副书记，1968年至1979年12月成为县委副书记和县委书记，18年来，王连生一直拿工分，一直在下甸子大队按工分领钱，一直保持着与乡村与土地的血脉联系。

对于挣工分，王连生内心感情是质朴的，他认为自己是一个农民，是党组织的信任给他更多的机会与舞台，无论走到什么位置，一个农民的初心与情怀不能丢。他对大队副书记李春宴说："无论什么时候，我都不能与社员们分出个等来。"

劳动上，他做到了。

待遇上，他也做到了。

没有工资，王连生工作在县城。

县委考虑到王连生的困难，每个月补助他20元生活费。县里的吃与用，王连生靠这20元精打细算。不是王连生一个人有这样的待遇，县里50多名拿工分的普通干部，每个月也有20元生活补助。

王连生常常出差。

王连生常常开会。

一个人出门在外，花销大。王连生一分钱掰成两半花，从村里到县里，出差多少次，王连生自己记不住了，谁也记不住了。他从来没有一次报销旅差费。王连生说，每天大队都给记工分，不能领两份报酬。

王连生常常没钱。

很少的补助，需要接待到县里看望他的家人和村里人，即便是最简单的一碗面条，也是一笔支出，家里有事情也需要王连生救急，王连生只能借钱。

作为书记，王连生没在县委的账上借一分钱，缺钱了与县委的同事借一下，最多时，王连生在县里欠下同志300元。只有到了年底，下甸子大队给他开工资了，他才能还上这笔钱。

看他生活困难，出差不报销旅差费，下甸子大队研究打算补助他40元。

王连生谢绝了。

40元，此刻，对于王连生很重。

40元，对于王连生也很轻。

不该拿的钱，王连生一分不拿，可以拿的钱，王连生也不多拿一分。作为一个淳朴的农民出身的干部，作为一个县委书记，他坚守自己的原则，清清白白做官，清清白白做人。

王连生的精神影响了他的家人，也影响了他的同事，更影响了桓仁的干部，这种精神像血液一样在他们的生命中流淌，也成为桓仁精神的一个重要元素。

学习止疼

王连生爱学习,从一个下甸子农民到大队书记、公社书记、县委书记,他走得坚定而从容,力量来自学习。

每次出差,王连生的装备只是一个简单的书包,书包里除了牙刷和牙膏,就是一个本、一支笔和一本书。

从来如此。

笔用坏了一支支,本子写满了一个个,书也常换。

王连生只读2年小学,文化程度不高。带领一个大队,带领一个县,责任像山一般沉重。登高望远,对于王连生,就是以勤奋为径。一篇文章,别人看一遍,他就啃三遍。在机关,有时别人睡醒了一觉,他还趴在桌子上写读书笔记。

李鸿芳说,一次县政府停电了,他推开王连生宿舍的门,看见王连生点上蜡烛,在摇曳的烛光下学习。

王连生说,以前学不好,影响3000人,现在学不好,影响30万人。

他总结了"学不离经,行不离书","带头先学、班子深学、干群普学"等系列实践经验。一个人学,也带着班子一起学。

采访时,我仔细阅读了王连生留下的29本日记,无论是记录工作,还是学习体会,都真诚纯朴。

有他学习拼音的笔记:

abcdefg,无论是大写还是小写,他都用汉字标注着。每一个字

符的意义，王连生也细细领会。比如，在h旁边，他标注着，代表物体的高。

有他学习农药知识的笔记：

满满的一页，用圆珠笔写下了农药"灭草特"的简介，灭草特是美国进口的农药。

有他学习种子知识的笔记：

盐埠2号是江苏省盐城县（今盐城市）科研所出产的稻种。特点是体型紧凑、秆壮、有弹力，株高80～85厘米，耐肥抗倒，生育期140～150天，亩产800～1000斤。

1985年，他最后一本工作日记里，夹着许多学习卡片，内容丰富，记录翔实：

关于齿轮的知识。

关于下甸子果树种植的计划。

关于农药的常识。

具体到本溪市科技情报所的地址、电话、联系人。

1971年，他在辽宁大学哲学系脱产学习半年。这半年，是一次难得的机会，《反杜林论》《费尔巴哈论》这样的专著，王连生是在哲学系读完的。最早读的《共产党宣言》，王连生读了无数遍，几乎倒背如流。如果说，以前的自学是量的堆积，在辽宁大学的进修则是一次质的提升。

王连生的孙子王雷珍藏着爷爷学习使用的《毛泽东选集》，是20世纪50年代和60年代出版的，这一版《毛泽东选集》是用繁体字印刷的。书上，几乎每一个章节都有王连生的圈圈点点，阅读时画下的痕迹，横线与波浪线代表了需要不同程度掌握的内容。从书上的记录，我们看到：

1976年11月8日上午9点，在本溪市第一招待所，他读完第一卷的第四遍。

1978年1月28日上午10点，他读完第四卷的第四遍。

在下甸子大队部，有一个王连生专用的木头卷柜，两把锁，王连生手里一把，汪显仁手里一把。书柜里装着王连生学习用书和收藏的报纸。回到下甸子，有一点空闲时间，王连生就打开卷柜拿出书和报纸学习。汪显仁手里的钥匙是备用的，一旦王连生忘记带钥匙了，汪显仁负责替他打开卷柜。这样的机会很少。

书山有路勤为径，王连生以生命为径，一个人独自行走着。他以细致的阅读与深刻的理解，弥补自己学识上的不足，超越自己，也超越一个时代。

生命最后的日子,疼痛折磨着他。

常人难以忍受的疼痛笼罩着他,即便如此,人们也听不到他叫一声。他不想打扰医生,也不想影响亲人。面对疾病,他像一个战士,一个勇敢的战士,一个孤独的战士。

他还是在读书。即便这样,王连生还为来看望自己的王德波解读如何学习《共产党宣言》,不理解的地方,他不厌其烦地讲解。

躺在病床上,他选择与书相伴。因为疼痛,汗水一次次从额头上沁出来。

他说:"这是读书止疼疗法。"

谁来了 他都不请客

大吃大喝曾经是官场的顽疾，一次次下发文件，三令五申，收效并不大。人们说，多少文件都管不住一张嘴。直到党的十八大之后，中央八项规定的劲风吹过，枯叶才真正凋落。

王连生从不请客，担任大队书记，担任公社书记，担任县委书记，都没请人吃过饭。

在大队，在公社，在县里，王连生的招待费都是零，一个清清楚楚的零，一个干干净净的零。

他不请客，别人请客，他也不参加。

一年，他只参加县委的两次宴请。

一次是八一建军节，王连生代表县委请驻军部队首长吃一顿饭。另一次是春节，王连生代表县委、县政府请劳模、功臣及烈士家属吃一顿饭。两顿饭，都是规定的动作，是从桓仁历史上延续下来的。两次请客的标准都一样，菜不多，酒也限量，每桌一瓶白酒，4瓶啤酒，简单朴素。

除此之外，无论是谁，王连生从不破例。

王连生个人请人吃过饭，在自己家里，在单位食堂。

退休前担任本溪市民政局局长的李景树，当年在县委秘书组工作。他下乡在沙尖子，一住就是一个多月。乡里条件困难，食堂伙食不尽如人意。

这天，王连生从县里回来，看见李景树。

王连生对李景树说："晚上，你别在食堂吃，去我们家吃饭。"

县委书记请客，李景树充满期待。在乡里待一个多月了，天天清汤寡水，他也想好好补偿一次。

晚餐端上桌子，只是烀了一锅地瓜与土豆。

王连生就是吃着这样的晚餐，王连生的一家人只是吃着这样的晚餐。50年过去了，对于这顿晚餐，李景树依然记忆犹新。那时，王连生家里生活非常困难，爱人尽管是巧媳妇也难为无米之炊。

王德波是王连生二弟弟王连贵的儿子，叫王连生大伯。大伯在单位食堂请吃的一次早餐，他记忆犹新。

王德波想念王连生，拿着自己的压岁钱去县里看王连生。

那是1975年。

他到了县委，门卫告诉他王连生不在。晚上，9点了，王连生也没回来。

第二天一早，5点多钟，王德波就到县政府王连生的宿舍。王连生早起来了，坐在炕上读书。

他一边看书，一边卷着旱烟，把卷好的烟卷一根根放在一个塑料盒里，方便开会或者工作时抽。

王德波问："大伯，你怎么不买烟卷抽？"

王连生说："我抽不起。"

此时的王德波并不能够领会大伯更多的思想，只是对大伯有一丝牵挂，一丝心疼。大伯的生活或者说一个县委书记的生活与他的想象之间有很大的距离。

王德波走出去，在街上的一个小卖店，给王连生买了两盒大生产牌香烟。

王连生没有批评他,只是问:"你哪来的钱?"

王德波说:"压岁钱。"

王连生说:"压岁钱是用来买学习用品的,不能乱花。你把烟给你爷爷带回去吧。"

王德波不同意,坚持之下,王连生留下一盒大生产。

早餐,王连生带他去食堂吃。

王连生带着王德波和大家一样站排,人们和王连生打着招呼,彼此之间仿佛没有任何距离,也没有人让王连生先打或者给他让一个位置。人们已经熟悉这样的生活,习惯了县委书记王连生站在自己的后面排队。

饭菜丰盛,热气腾腾的厨房台板上,有粉条,有豆腐,王德波想要一盘炒粉条,对于一个乡村孩子,那个物质条件匮乏的年代,一份炒粉条就是一份诱惑。

只是,他什么也没有说。

王连生什么都没有问,买了两碗米饭,两碗土豆丝汤,两块红方。

在县政府食堂,王连生经常早饭吃2分钱的一盘咸菜,午饭吃2分钱的一盘咸菜,晚饭还是吃2分钱的一盘咸菜。

吃过饭,王德波不解地问:"你是县委书记,怎么还站排?"

王连生说:"县委书记只是全县人民的服务员。"

王连生的话,王德波一直牢牢记着。在他自己也成为县委书记之后,更是用王连生的话,鞭策自己,警示自己。

许多年之后,王德波在平遥古城看到了一副对联:

吃百姓之饭穿百姓之衣莫道百姓可欺自己也是百姓，
得一官不荣失一官不辱勿说一官无用地方全靠一官。

一副对联，与王连生给他的教诲异曲同工。

王连生对自己要求更严，下乡在农民家吃饭，他规定"四不吃"：不吃细粮、不吃肉类、不吃海鲜、不吃鸡蛋。

本溪电台记者许耕德写道：

> 到桓仁下甸子采访，由于次数多了，跟大队书记王连生熟了。他让炊事员刨地瓜、土豆烀给我们吃。吃派饭的记忆平淡而难忘，已深深嵌入我的内心深处，每每想起，总有些许感触涌上心头。时代在发展，"吃派饭"的形式可能也在变化，但是艰苦朴素、密切联系群众的优良传统和作风不能改变，要坚持下去。

几十年，王连生不请吃、不吃请，不送礼、不收礼，不跑官、不要官，不买官、不卖官，管住了自己，管住了家人，也管住了干部，在桓仁县营造了干部不用送、不敢送、不想送的政治生态。

不拘一格用人才

王连生担任县委书记以后，拆除县城的违建，也拆掉派性和小圈子的围墙。县委与县政府领导之间理解，干部与干部之间坦诚，干部与群众之间信任。

王连生用干部的唯一标准，实干。

实干兴邦，空谈误县。

王连生配备班子，坚持思想政治过硬、求是作风过硬、发展本领过硬、功能结构过硬。他任人唯贤、以德为先，用好每一名干部、选育好每一名后备干部。他及时解决班子中存在的问题，优化好每一个班子，重视一把手配备，也重视每一名班子成员的配备。

人和才能政通。

县直部门、乡镇、国有企业班子配备，王连生倾注心血，村级班子建设他也放在心上，当年县委常委会会议上，常常研究大队书记人选。

王连生担任县委书记期间，一大批年轻干部走上了重要领导岗位，20多岁的年轻人担任公社党委书记，担任大厂的党委书记和厂长。生活与工作的磨砺，让他们成长，其中的很多人后来成为桓仁发展的栋梁，成为市里的主要领导，成为省重要部门的主要领导。

作为分管干部工作的县委副书记，李鸿芳不止一次与王连生交谈，不止一次听到王连生嘱咐，干部工作要把一碗水端平。县委所有关于干部提拔与调整的议题，都摆在桌面上。

每一个从王连生身边走过的人，每一个从王连生的故事里走过的人，都说王连生非常重视人才。

王连生在桓仁人才的集聚上，走了两条道路：

一个是增量。

一个是存量。

增量是把目光向外，从下放干部释放的巨大活力中，王连生感受到了外部的思想、观念、技术对桓仁发展的推动作用，这种变化从哲学的角度是从量变到质变的过程。

增量毕竟是有限，更多在存量上下功夫，培养桓仁自己的人才，把每一个优秀干部留下来，留在桓仁。

于是，1975年，县委办了一个青年干部理论培训班，地点在雅河公社董船营大队的老干校。

王锦华是学员。

程绍利是学员。

学习了12天，他们被分配下去，王锦华到了水泥厂，担任副厂长、党支部副书记，不挣工资，挣工分，每个月像王连生一样有20元生活补助。

王锦华原本在下甸子大队负责战地宣传，先是战地广播员，后来参加了记者培训班。对于新闻宣传，王锦华很有兴趣。对于下甸子的宣传，对于王连生的宣传，相关部门也非常重视。新华社专门在下甸子大队留下一套摄影设备，安排专人负责拍摄王连生与下甸子的发展与变化。王连生的许多精彩图片，下甸子发展变化的许多生动图片，都是这样留下来的。

程绍利去酿造厂工作，却碰上软钉子，厂长对他的工作有抵触情绪，工作没有办法开展，他向王连生做了工作汇报。

王连生赶到酿造厂，坐在宿舍的大通铺上开了一个班子会。王连生说，工作队与工厂在工作配合上出现问题，主要原因是工厂对工作队不重视，从心里看不起。今天，我代表县委表态，工作队是县委派出的，对他们的态度就是对县委的态度。

此后，工作开展才顺畅。

学员中，郭永芝是唯一从本溪到桓仁的下乡知识青年，从本溪市十四中毕业之后，下乡插队到桓仁县五里甸子公社。

在十四中，她是学校广播员。

一次，五里甸公社广播站的设备坏了，无法广播，公社里谁也不懂这些设备，查档案知道她曾经是十四中的广播员，把她请到了广播站。郭永芝细细一看，只是线头脱落，用胶布重新固定一下，设备可以使用了。

看她当过广播员，还懂技术，公社索性把她调到公社的广播站工作。工作期间，县里办理论学习班，五里甸子公社有名额，公社就把她推荐上去。

毕业之后，学员有的留在县里，有的回到乡下。

多年之后，很多重要的岗位上，都有这批学员。

一座楼与一座城

王连生的办公室,在今县政府办公楼二楼。

楼还在,只是经历40年的岁月,几次的翻修与改造,已经找不出王连生当年留下的印迹。

1945年建成的老楼,至今已78岁了。

楼是1943年日伪当局修建的,1945年建成。1947年,桓仁刚刚解放,县城最高的这座小楼就成了县委、县政府的办公楼,正大门口,端端正正地刻着"为人民服务"五个红红的大字。

楼的颜色曾经也是淡淡的红色,只是斑驳了,岁月走过之后,风雨走过之后,都留下了烙印。

从1947年开始使用,一任又一任的县委书记与县长,在这座小楼里指点几千平方公里的美丽河山。他们的名字不同,年龄不同,但是,拥有一种情怀,一种情结——人民至上。

人民对于他们不只是一个名词,还是一个动词。只有人民的生活美好了,一座城才是温暖的。人民的幸福生活与一座县城的县委与县政府有没有华丽的办公楼没有任何关系。

76年了,历任县委书记与县长都把钱花在刀刃上,花在民生上,花在项目上。路越来越宽了,城越来越美了,从一个封闭贫穷的县城到最美的旅游地,成功创建首批国家全域旅游示范区,成为全省唯一获此殊荣的县区,一代代人掉在地上的汗水开成一朵朵鲜花。在一代又一代决策者的引领下,辽东大山深处的县城发生了翻天覆地的变化。

76年来，县城盖了许多新房子，其中学校的房子最漂亮，甚至连偏远山区农村学校的校舍也得到改造，一座座旧房子像错字被擦掉。农村的孩子们，溪水一样从一个个山沟流淌过来，他们不用早起，也不用晚归，和城里的孩子一样住上了漂亮的楼房。语音室、微机室、学音乐、学舞蹈，城里学校有的这里也都有了。每周，一辆辆橘红色的校车穿行在群山之间，把一朵朵鲜花放下去，收上来，把学校和村落缝合在一起，把希望和明天缝合在一起。

只是，县政府的两层办公楼还是78年前的样子。

只是，干部们还保持着艰苦奋斗的精神与朴素的作风。

76年来，每一个走进这座楼的人，每一个走出这座楼的人，都有自己的故事，都拎着自己的故事，在岁月里进进出出，在桓仁进进出出。

不只是县政府使用老办公楼，县委、县人大常委会、县政协的办公楼，或者是20世纪60年代的老建筑，或者是由斑驳的旧建筑改造而成，都是县城里的老故事，都是老房子的新故事。一个又一个人的故事，一座又一座办公楼的故事，都在讲述一个普通的道理，一个人的一生，并不在于有多大的舞台，关键是演好自己的角色。

办公楼并不在大，有为人民服务的情怀就行。

县城边，美丽的浑江奔流远去。

浑江走了这么多年，依旧没有走丢，一群人也是，一座城也是，从来没有迷失过。

星光之下，注视着这座几经修整的建筑，我们真正明白了，作为一个人民公仆，他的心应该在什么地方，他的灵魂应该在什么地方。

办公楼旧了，桓仁是新的。

生动年轮

他山之石

1976年8月20日到9月11日,王连生参加中国友好参观团出访罗马尼亚。

中共辽宁省委副书记、省革委会副主任苏羽为团长,阜新市委常委、市革委会副主任孔学军,辽宁省革委会对外办公室副主任王文贵为副团长。

这是王连生是第一次出国,也是唯一一次出国。在那个封闭的年代,这对于王连生来说,是一次难得的认识世界、了解世界的机会,是一次难得的学习机会。

他山之石,可以攻玉。

无论走到哪里,王连生始终关心农业和工业项目,关心对桓仁的发展有借鉴意义的项目。凡是有印象的地方,凡是有学习价值的经验,他都在日记里认真记下来。

我们看到王连生对一个县的描述:

> 伊尔福夫县作为罗马尼亚最大的县,有23个国营农场,212个农业合作社,平均每85公顷土地有 台拖拉机,粮食产量100万吨,居全国首位。县里农业机械化水平很高,小麦从种到收完全是机械化。10年前,全县70%的人口从事农业,1975年降到40%。工业总产值第一次超过农业总产值。

县里的"十二月三十日国营农场",20公顷的蔬菜温室四季常青,首都所需的70%的蔬菜靠这里供应。专门的猪场、鸡场,养猪有工作人员40人,养猪4万头,为市场提供3000吨猪肉。

仔猪十个月,长到107公斤。

现代化鸡场每年提供200万只菜鸡(相当于3000吨鸡肉),每只鸡养活49天,到1.5公斤时杀掉,每长1公斤需5市斤饲料。该场16名工作人员,养鸡260万只。

午餐,场长指着桌上说:"除了面包以外,其余都是我们农场自己的产品。"

数字非常详细,王连生对桓仁发展的设想与愿景,像水一样悄然在这些数字的后面流动。

一座博物馆。
王连生仔细记录一座乡村博物馆,一座别有风格的公园。

分布在罗四面八方的农村房屋,原封不动地在博物馆里重建,室内陈列一切保存原样。进了博物馆,等于在罗进行了一次全国旅游。

一个农场。

古力拉斯卡农场有14个分场、一个蔬菜队、一个饲料加工厂,共有职工567人(管理人员67人),8129公顷土地

（其中水浇地7500公顷），从种到收完全机械化，共有127台拖拉机。

场长介绍，该场每公顷土地施化肥200斤、磷肥200斤、钾肥120斤、硫酸锌60斤，每公顷施农家肥30至40吨，每年浇5次水，每次600立方米，再加平均降雨量400毫米，总水量可达3000吨/公顷，玉米单产8～10吨/公顷，向日葵3.2～3.5吨/公顷。

农业社奶牛场，连续五年出奶产量占全国首位，荣获"社会主义劳动英雄"称号，1970年齐奥塞斯库曾到这里视察过。

奶牛场共有1300头牛，其中奶牛700头，每头牛一年产奶3800至4000公斤。现代化牛舍平均每平方米造价3000列伊，一个奶牛场职工负责饲养120头牛。

该农场农业社有一个名叫米哈伊的家庭，户主在制糖厂工作，月薪2000列伊，主妇在农业社劳动，女儿是糖厂工人，与火车司机结婚，儿子在校读书。他家有大院套、小仓库、电视机、自留地，还养了几口猪，是个富裕人家。

一家工厂。

布泽乌县，王连生关注一家玻璃厂：

该厂2100人。1970年建厂，投资10亿列伊，主要产品有汽车、机车、轮船、家具用的各种玻璃等。1972年开始生产，该厂实行超产奖励制度，每超产5%奖励1%。他们还特别强调尽量减少进口设备，节省外汇。

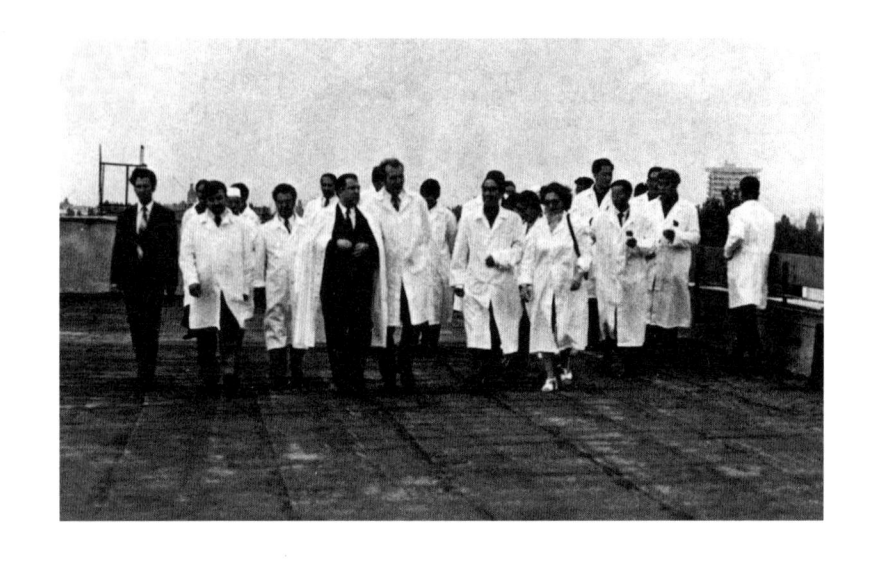

正在访问期间，1976年9月9日，毛泽东主席去世的噩耗传来。

这天18时，王连生随团到大使馆向伟大领袖毛泽东主席默哀，19时30分，收听中央人民广播电台广播。大使馆代表访问团向中央发报，对毛泽东主席逝世表示最沉痛的哀悼，并表示响应中央号召的决心。

经商定，撤销原定的如下计划：

1. 10日中午，罗旅游部在海欧饭店的宴请。
2. 10日晚，驻罗使馆的答谢宴会。
3. 11日中午，罗共中央的宴请。

9月11日，王连生提前结束了访问，启程回国。

在罗马尼亚，除首都布加勒斯特，王连生访问了布泽乌县、伊尔福夫县、布勒依拉县、加拉茨县、瓦斯卢依县、雅西县、博多沙尼县、苏恰瓦县、尼亚姆茨县、巴克乌县、弗朗恰县、巴拉德市、勒特乌茨市、德尔古·尼亚姆茨市、斯勒尼克·摩尔多瓦市、比卡茨市、德尔古·奥克纳市、乔治乌·德治市18个县市，参观项目61项，全线行程3000公里。工厂、企业、水电站等17项，农场合作社4项，博物馆、展览馆等17项，社会文化项目18项，观剧1次，家访1次。

神圣的荣誉

王连生是党的十大代表,是桓仁县历史上第一个参加全国党代会的代表。

中国共产党第十次全国代表大会,于1973年8月24日至28日在北京举行,1249名代表代表2800万党员出席大会。

大会议程有三项:周恩来代表中共中央做政治报告;王洪文代表中共中央做关于修改党章的报告,并向大会提出《中国共产党章程(草案)》;选举第十届中央委员会。

大会选举产生195名中央委员和124名候补中央委员。

王连生从报纸上剪下来党的十大报告,贴在自己红皮学习笔记上。岁月流逝,50年后,笔记上的字迹依旧清晰。我们看到,报告的每一个段落,王连生都用不同的色彩与不同形状的线做出标志,曲线、直线、波浪线,以不同的线表达不同的理解。

1973年9月5日,桓仁县召开了县、社干部大会,作为党代表,王连生传达了党的十大精神,宣读了党的十大与十届一中全会公报。

除了曾经是党的十大代表,王连生还曾经七次到北京参加国庆观礼。无论对于他个人,还是对于下甸子,对于桓仁县,这份荣誉都是珍贵的。遗憾的是,我们没有机会倾听到王连生本人的叙述,也没有机会采访到相关的人员。这一页让我们感动的历史,像花瓣淹没在岁月之中,我们只能从王连生日记里寻找到简单的文字,感受那段激情燃烧的日子。

1965年9月30日,王连生在日记里写道:

晚6点,在军委第三招待所、农办领导同志引领下前赴人民大会堂参加国宴。参加国宴的人员中,有劳模26人、农办领导2人,计28人。

有全国著名劳动模范陈永贵、陈永康、王国藩、吉林崔竹松、黑龙江吕合、山东王永幸。

人民大会堂门前,轿车在会堂周围停着,明灯照射着四周如白日。我们一步步地走进大会堂,坐电梯到指定座席入座了,我们座席是497席。

我同桌有陈永贵、王国藩、吕合、崔竹松等。

7点15分,响起了掌声,毛主席、刘主席等国家领导人走进大厅和我们招手。周总理讲了话,毛主席和我们一同吃酒,9点钟,毛主席、刘主席走到台上,向大家敬酒,而后走出大厅。我们也恋恋不舍地离开席位,这时陈毅副总理和李先念副总理和我们招手。走出大会堂,我和陈永贵一起走着,几个外国人说着不太通顺的中国话,指着陈永贵说大寨的、大寨的。

向我省来的三名同志说了参加宴会经过,还说我看见了伟人领袖毛主席,人家都高兴起来。

10月1日日记里写道:

早上6点半钟,乘车去天安门东七台,观礼去。从6点半钟开始一直走到8点半，街道上人拥挤不透，车辆排列成行，街道旁各单位张贴标语，高悬国旗，天安门前面半空中高悬三个灯上写着"毛主席"三个大字。

无数个大气球在半空中带着标语，写着庆祝中华人民共和国成立16周年、共产党万岁、毛主席万岁、中华人民共和国万岁等标语口号。

10点，响起十六声炮声，中共中央政治局委员、中央书记处书记，北京市市长彭真同志讲话……

10点20分钟，队伍开始游行了。

晚18点，乘车去观礼，在台上观看烟火晚会。

真是人山人海，天安门广场上有三十多万人，手舞足蹈，唱歌跳舞一片欢乐声。

20点，烟火晚会开始了，烟火照着满天火红、五色缤纷。全场响起掌声，花坛上出现了降落伞吊着各色的亮灯。

10月10日9时10分，我们上车准备去见伟大领袖毛主席，心里有说不来的高兴。

有史以来最荣幸的一天。

我们到了大会堂二层楼上，也就是9月30日晚参加国宴的宴会大厅，参加国宴的25名同志单独列排。

12点37分钟，全场响起轰鸣掌声，人们随着喊起来。伟大领袖毛主席和周总理、朱德委员长，邓小平、陈毅副总理等领导人向大家招手。毛主席和我们一起合影，毛主席和周总理走到我们面前的时候，有人介绍说："这是工农业劳动模范。"

主席向我们招手鼓掌。

毛主席他老人家身体还是那么健康,满面红光,他老人家身体健康是我们更大的幸福。

七次在北京参加国庆观礼,两次见到毛主席,对于王连生,这是无比幸福的时刻。所有与观礼有关的证件,都被他细心地珍藏起来。

大寨在心间

1965年10月13日，王连生走进大寨。

这是他第一次走进大寨，走进心中一个很神圣的地方，走进一个个熟悉的名字，走进一个个故事。

对于大寨的认知与了解，以前只是在书本上、在报纸上，只是一行行文字。此刻，大寨是具体的，是一座座堤坝、一块块梯田，是一个个生动的人。

这天上午9时，陈永贵陪着他们一起看大寨，讲述合作社时期，陈永贵以及贾进才、贾承让、梁便良、宋立英等一代人，是怎么样凭着一双手、两个肩膀、一把镢头、两个箩筐，河沟造良田，山坡造梯田，用10年时间改造大寨的七沟八梁一面坡，修成亩产千斤的高产、稳产海绵田。他们植树造林1000多亩，整修良田800多亩，修筑盘山公路12华里，建蓄水池6个，容水10000多立方米，挖盘山水渠28华里，铺设地下水管道30000多米，旱地灌溉面积达400亩。

解决了大寨人的温饱，每年还上交国家20多万斤余粮。

下午2点半，在大寨会议室里，王连生认识了大队长贾成祥、社员贾进才、副支书梁便良、妇女主任宋立英、团支书郭凤莲、指导员兼大队副队长贾来恒、铁姑娘赵树兰。

日记里，王连生写下参观大寨的感想：

看大寨是很久的盼望，终于实现了，亲眼看见大寨人，看到了大寨田，看到了大寨革命干劲和革命精神。

大寨人用自己的双手和两个肩膀把荒山洼地变成了良田，原来亩产不到100公斤，提高到400公斤，对国家贡献越来越大了。

对陈永贵，王连生总结"四不倒"的精神：

条件坏难不倒；
困难多吓不倒；
成绩大捧不倒；
荣誉大夸不倒。

1970年，参加北方地区农业会议，王连生第二次走进大寨。下甸子在变化，大寨更是在变化，王连生要从大寨的变化中找到一种力量，一种改变下甸子的力量。

1971年，王连生组织下甸子大队与各个生产队的干部，集体到大寨参观学习，让大寨精神点亮一群人，点亮一个集体。

这是王连生第三次走进大寨。

礼与情的重量

从大队书记到县委书记，30多年，王连生面对很多的问题与选择。他原本就是一个重情义的人，无论在村里工作还是当县委书记，社员家里有事情，同志家里有事情，他都要去看看。村里老人去世，只要在家，他都去送送。温暖与关怀，在王连生的心中是细微的具体的，在每一个生活与交往的细节中，他表达着自己的情感。

一路走来，他也得到过很多人的关爱与温暖，下甸子发展的道路上，也得到过社会力量的推动。这种关爱，也需要一种回应。于是，对需要帮助的人或者事情，王连生都尽心尽力，对每一件需要下甸子去做的事情，王连生也尽心尽力。

坚守准则的前提下，王连生努力把阳光的温暖传递出去。

吴广彦对此深有感触。

吴广彦在沙尖子公社负责宣传工作，他还是报社和电台的通讯员，当时叫土记者。无论是市里还是县里的记者到下甸子采访，吴广彦都负责接待陪同，与记者们熟悉。记者们也与吴广彦熟悉，有什么困难都向他表达。

1982年春节，电台一个记者家里人治病，需要5斤山楂，找到吴广彦。

本溪市内，记者问了不少地方，都没有找到，才麻烦吴广彦。

沙尖子公社，只有下甸子有山楂，吴广彦只好找到王连生。

山楂，王连生从罐头厂帮助解决了。

王连生对吴广彦说："5斤山楂，不能送，只能买。你不能让对方拿钱，这5斤山楂，你买了送给记者。"

吴广彦无言。

5斤山楂，吴广彦交给罐头厂5元钱。

焉树功曾经担任过下甸子五队队长，他和王连生一起走过风风雨雨的日子，对王连生很敬佩，但更多的是兄弟情谊。

1971年，县委副书记王连生从县里回来找到他。

县里一个部门的部长，父亲病了，想要在下甸子弄50斤大米。

焉树功把50斤大米装好，对王连生说："大米，我在队里核销了。"

王连生没有同意。

他告诉焉树功，下甸子人有情有义，事情我们必须办，但是原则不能违反，集体的便宜一分也不能占。50斤大米，先记在你的名头上，秋天分大米了，我还给你。

尽管王连生家里粮不够吃，秋天，王连生还是从自己家拿出50斤大米还给五队。

焉树功说："王连生的威望是自己干出来的。"

那时，不只是王连生一个人，所有下甸子人都把牺牲个人利益当作一种光荣，当作一种乐趣。

郭永芝从理论培训班毕业，留在县委，负责上访登记，王连生下乡，她也跟随着。

过年，王连生要去省里工业部门办事。

县里领导对王连生说,过年了去省里办事,空着手,实在不好。拿点什么?

桓仁有一家人参皂甙厂,生产软糖。打电话让厂里送来了20斤,郭永芝把20斤糖打成4个包,5斤一包。

过了几天,王连生找到郭永芝,个人拿出了20元钱给她。

王连生说,你去人参皂甙厂,把20斤糖的钱交了,一定让他们下账,一定让他们给我打一个收条。

1976年,王连生跟随代表团访问罗马尼亚,县委书记出访,一定要准备一些纪念品作为礼物。桓仁县有珍贵的人参,更有名贵的鹿茸,王连生什么都没拿。

资料记载:王连生出访,只是从大队拿了一斤木耳,一斤榛蘑,木耳和蘑菇都是用黄色包装纸包装。

一斤木耳,送给市外办的人。一斤榛蘑,他又背了回来,一直放在办公室。

牙疼也是病

王连生常牙疼。

1951年开始一直到他生命的最后日子，牙疼伴随着他，仿佛成为他身体的一部分。

无论是因为工作着急，还是上火，身体最先的不适是牙。

这种现象，中医解释叫"病走熟路，火走一经"。

从字面上理解，"病走熟路"说的是疾病总爱在身体的固定部位反复发作，或身体的某处总是出现损伤。比如有人一到秋冬季节就容易出现风寒感冒，有人一着急上火就牙疼或者嗓子疼。

采访中，很多人都讲述王连生牙疼的细节与故事。

起初是在修建水库的工地，人们看见王连生捂着肿起来的脸，坚持干活。

曲义财说，治理漏河，他远远地看见一个人在河边走过来走过去，不知道要干什么。走到身边，看见是王连生，牙疼得太厉害，就在河边走来走去，走了十几个来回，一边走，一边用手拍打自己的脸。

牙疼得厉害，连饭都不能吃了，王连生去大队卫生所打针。

柳凤花在卫生所当大夫，她不止一次给王连生打针。王连生对她们有一个要求，不能用好药。

有一阵子，牙疼时间长，王连生很瘦了，大家都很心疼他，但是他坚持打一般的药，能挺过去就行。

高永珍在卫生所工作。

王连生牙疼，高永珍负责给他打针。

打针之前，高永珍做了皮试，不过敏。吃过午饭，牙的疼痛并没有好转，她给王连生打了一针封闭针。王连生到水库工地，发生过敏症状，迷糊了，回到卫生所打了针才恢复。

高永珍又给王连生做了一次皮试，青霉素不过敏。她知道问题出在封闭针上，王连生对封闭针的麻药过敏。

高永珍告诉王连生，以后无论在什么医院，都要提醒医生一下，可能是麻药过敏。

担任县委书记之后，王连生牙疼，几天没有吃饭。县政府食堂的大楂子粥、玉米面饼，牙根本不敢咬。

食堂师傅心疼，做了一碗面条，端给王连生。

王连生吃了面条，内心却有一丝不安。他对县委副书记李鸿芳说："吃面条，牙不疼，但是心疼。师傅这么累，还得单独给我做饭。"

王连生是真诚的，话也是质朴的。

《辽宁日报》记者在桓仁采访，李鸿芳给他们讲了这个故事。

缺粮的故事

童年，在王连生的孩子们记忆的天空上，有沉重的一朵云，名字叫饥饿。饥饿是孩子们常常面对的。

王连生家12口人，7个中小学生。

下甸子习惯把供应给村民的粮食叫口粮，标准按照不同年龄分配，成年人每天1斤，7岁以上孩子每天8两，7岁以下孩子每天7两。除了口粮之外，还有工分粮，根据工分额度补助一定的粮食。

王德君是王连生的大儿子，他记得当时是10工分补助3两粮食。

王连生家大人少，孩子多，分得粮食少，孩子都在长身体，吃得比大人还多。王连生家没有劳动力，家里没有人挣工分，就领不到工分粮。

粮食不够吃。

生产队每10天分一次粮食，一次分配10天的粮食定量。吃到第八天，王连生家就米尽面绝。王连生的母亲与妻子，只能找米下锅，常常向人家借粮食。

王连生吃伴在大队，他的粮食定量直接领到大队，王连生父亲在大队打更，粮食定量也直接领到大队。王连生家里分到的粮食，是扣除了两个人的额度。

王连生和父亲也常常回家，在家里吃饭。

家里没有粮，母亲让女儿王连英去大队找父亲，用他们因为在家里吃饭攒下来的粮票换一点粮食回来。

父亲用粮票给王连英换了4斤玉米面，家里人吃了两顿。有了这一次经历，只要父亲和哥哥王连生回家吃饭，王连英就给他们记下来，吃饭可以但是要还粮食。

那时，王连英才8岁，一个小孩子背着一个面袋，蹦蹦跳跳去，蹦蹦跳跳回来。每一次，母亲总是嘱咐她小心，别让车碰了。

父亲和哥哥欠家里粮食的机会也不多。

一次，母亲把能想的办法都想了，还差3天的口粮，一大家子老小已经饿得不行了。

母亲对王连兴说："你到大队找你爹去，看看能不能借点粮回来把这3天接补下来。"

王连兴拉着小爬犁到大队找父亲。

大队粮食加工厂的负责人知道这件事，对王连兴父亲说，厂里还有点粗稻糠，让孩子拉回去点，看看能不能筛出来点细糠贴补贴补。

王连兴拉了一袋子粗稻糠回来，母亲筛细糠，正筛着，王连生回来了。

他问母亲粗稻糠从哪儿弄来的。

母亲没说话。

站在一旁的妻子冲着王连生说："家里人都快饿死了，你不管家就别问管哪儿弄的，反正也不是偷的，用粮票换的还不行吗？"

王连生说："换的也不行，你饿谁不饿？再饿也不能占公家便宜。"他把母亲筛出的一捧细糠连同粗糠一起倒回口袋，让王连兴用爬犁拉着送回去。

王连生是守规矩了，可家里人断顿了。

第二天，王连生去邻居家借了一点粮食，把这几天应付过去。

粮食不够，寻找替代品。

野菜不用说，困难时，榆树皮和椴树皮都被剥光了。家里没有粮食，没有油，也没有肉，没有油水的菜非常难吃。特别是冬天，酸菜太酸了，没有办法，王连生妻子用豆粕炖酸菜。豆粕是大豆加工中，压榨豆油之后的副产品，颜色为浅黄色至浅褐色，具有烤大豆的香味。豆粕中，已经没有油了，味道也没有豆的细嫩与柔软，但是炖在酸菜里，还是能在一定程度调和酸菜的酸。

王连生不挑食，吃着酸菜炖豆粕，他说好吃，比肉好吃。不知道他是安慰孩子，还是说服自己。

没有油，王连生妻子曾经用面碱炖芸豆。

一间半草房

王连生家房子小,全家三代,14口人挤在三间草屋里。王连生和妻子与孩子7口人,只有一间半房子。

房子坐落在漏河边,简单、简陋,年头久了,屋顶上的草发黑了,腐烂了。

大队建了瓦厂生产水泥瓦,社员家的房子陆续都换了瓦,住上了瓦房。只有王连生房子还是老样子,风一吹,房顶上的草甚至在风中飘走了。

社员们劝他换个瓦顶,省得打草苫房。

家里人把瓦也买来了,王连生硬是不让上。

他说:"当干部的房子破点,冬天自己屋子冷,才能想到老百姓的屋里不暖和,多数社员还没住上瓦房,咱先住得舒舒服服,怎么还能想老百姓的疾苦!"

只要还有一户社员没有住上瓦房,王连生就不换瓦,他把瓦陆续借给集体和社员使用。1971年,下甸子大队多数社员已经住上瓦房,趁他出去开会,人们把王连生家的房子换上瓦。

1980年,王连生回家养病。家里孩子大了,住不下,只能在房头接了一个十几平方米的小偏厦子。

王连生与妻子住在偏厦子里。

桓仁县委统战部原部长朱建华,陪长春电影制片厂工作人员去王连生家里采访。这是他第一次走进王连生的家,也是他第一次走进一个县委书记的家。

他印象深刻,同去的长春电影制片厂的人印象更深刻。

除了破旧的房子,王连生家里只有一对木头箱子,一台看上去已经十分陈旧的缝纫机。王连生母亲唯一的家具是一个木柜,是土改时分的地主浮财。

无论是简陋的房子,还是简陋的家具,距人们对一个县委书记的想象相距甚远,甚至与下甸子老百姓的房子相距甚远。

他去世时,家里无一套桌椅,无一件电器,室内依旧是泥土地面,土墙上还糊着报纸,院落空荡荡的,没有院墙也没有大门。

这是王连生唯一的住房。

这是王连生家中唯一的资产。

王连生兑现了自己的诺言。

> 安得广厦千万间,大庇天下寒士俱欢颜,风雨不动安如山!呜呼,何时眼前突兀见此屋,吾庐独破受冻死亦足!

诗人杜甫在历史深处的感叹,对于大队书记王连生来说,对于县委书记王连生来说,作为一名共产党员,没有自己的利益。

一个把百姓放在心中的人,眼中已经没有了风景。

曾经的老房子,现在已经扒掉了,小儿子王德峰在老房子的旧址新建了5间瓦房。尽管他已经住在县城,还是精心修建房子,并且给哥哥、姐姐都准备一间。

对于王连生的后人来说,下甸子的老房子是一个根,是一个念想。坐在炕上,能望见城墙砬子逶迤,听见漏河水声荡漾。房子很漂亮,风光很美。但是对于王德君兄妹来说,这里已经不是家了。

有父母在,下甸子是家。

没有父母在,下甸子只是家乡。

良药不必苦口

忠言逆耳。

任何一个时代，忠言都有一种苦涩的味道。即便是大唐盛世，以纳言著称，"以铜为镜，可以正衣冠；以史为镜，可以知兴替；以人为镜，可以明得失"的李世民也有过舍弃倾听的念头，说："魏徵此人实在是太过分，他总是在朝廷上跟我争论，羞辱我，令我心里十分不痛快。"

皇后听罢回到后宫，穿戴朝见的礼服并站在厅堂上。太宗觉得十分奇怪，就问："皇后为什么这样子？"皇后回答道："妾听说，主上圣明，则臣子就会忠良。正是因为如今的陛下圣明，所以魏徵能直言不讳，如此好事，妾身怎会不来恭祝陛下呢？"

从当大队书记起，王连生一直倾听良言。

汲东昌讲过这样一个小故事：1975年，市里办了一个学习班，桓仁县分到3个名额，王连生、汲东昌，还有一名农民代表参加学习。

汲东昌是工人代表。

汲东昌很早就知道王连生的名字。1954年到1956年，汲东昌的父亲汲学信是沙尖区副区长，对王连生印象好。据汲东昌的父亲讲，王连生是一个务实肯干的好干部。

学习班，天天在一起，彼此了解得更多一些。

汲东昌年轻，能吃，正常的标准吃不饱，王连生去协调给汲东昌增加一份，一个人吃两份。

一次，王连生问汲东昌："我当县委书记，你欢迎不？"

汲东昌很实在："我不欢迎。"

王连生不解："为什么？"

汲东昌说："对于提高桓仁粮食产量，化肥厂具有非常重要的作用，但是你当书记之后，一次都不去。"

王连生听了，没有反驳。

回桓仁不久，王连生专门去了化肥厂调研。他了解化肥厂的情况，解决化肥厂的困难，为化肥厂选派年轻干部，化肥的产量从5000吨跃升到15000吨。

王连生从来不搞一言堂，不用权力压人，对不理解的问题，开会统一思想，对有争论的问题，用事实说话。

漏河治理工地，王连生与吴春田有过一次激烈的争论。

当时要建一座17米长的"铁牛"坝。

根据地势和水流，王连生主张建与河水硬碰硬顶架式的迎水坝，吴春田不同意，主张建把门看家式的护岸坝。

王连生往水里扯，吴春田往岸上拉，两个人相持不下，岸上许多人看着，不发表意见。

吴春田说："王书记，你就给龙王爷留条道吧，不能斩尽杀绝呀！"

王连生一听，感到怎么建坝，不单是个技术问题。他说："老吴，坝就按你的意见建。"

夏天，一场水就滚坝了。

吴春田对王连生说："怨我，修坝的工钱我赔。"

王连生说:"不,修'铁牛'坝是新事,谁也没经验,吸取教训就好。"

吴春田说:"坝拆了重修吧?"

王连生说:"不拆,留它几十年!"

王连生习惯用事实教育人。

批评干部,王连生也委婉,做到良药不苦口。

王连生回到下甸子,碰到刚刚担任大队党支部副书记的青年干部鄂玉江。

打过招呼以后,王连生叫他把手伸过来摸一摸,然后意味深长地说,手上的茧还不够厚哇,当干部最忌讳的就是不参加生产劳动,一脱离劳动,群众就不再把你当作自己人。

王连生的话在鄂玉江心里打下深深的烙印,他把行李搬到蹲点的第六生产队,和社员一起劳动,十几天不回家。后来,他从下甸子考入了沈阳农业大学,博士毕业之后留校任教。后来担任过辽宁行政学院副院长、博士生导师,辽宁省政府参事。

与疾病搏斗的日子

1986年农历正月十六，王连生住进桓仁县人民医院。

正月初三，家里人发现王连生吐血，送他去医院，王连生不同意，他要陪父亲过完正月十五元宵节。

王连生的病房在医院一楼，一间普通病房，房子不大，放着两张病床，由于窗户小，房间采光不好，甚至还有一点潮湿。

这是王连生第三次住进医院。

1981年，王连生第一次住院。

1982年，王连生第二次住院。

两次，每当病情刚刚好转，王连生就出院回家。家里人劝不住他，医生也留不住他。

罗诚信是县人民医院医生，也是一个农村孩子，出生在拐磨子，从小没有父亲。1961年，他考上了沈阳医学院，6年之后毕业回到桓仁。王连生三次住院，他都是王连生的主治医生。

王连生两次出院，他都嘱咐过，不能累，要安心养病，王连生答应了。这次住院，罗诚信从王连生的病情上就知道他没有听从医嘱。

王连生住进普通病房，用普通的药，没有任何额外要求。罗诚信感到王连生病情在恶化，他对王连生说，桓仁县人民医院设备有限，通化市医院设备比较齐全，建议王连生转到通化治疗。

王连生不去。

县领导了解到王连生的病情,安排他去沈阳治疗,王连生不去。

王连生在上海空军某部工作的朋友,联系好了上海的医院,王连生也不去。

女儿哭着求他,王连生没有答应。

直到去世,王连生一直住在县人民医院。

一个护士,因为马虎配错药。

王连生发生严重的药物反应,医院开始抢救。

护士脸都吓白了。

王连生脱离危险之后,告诉家里人别去追究护士,对医院领导说,不要处分她,她毕竟还是一个孩子。

背后,王连生把护士叫到自己的病房,非常严厉地批评了她。"这次没有出事,不等于以后不会出事。你一定要吸取这次教训,认认真真工作。"

护士泪流满面。

病重,王连生把李景树找来说:"有一件事情,你帮我去办一下,我的病治不好了,你和县里的领导说一下,别让医院用好药了。"

1948年成立的桓仁县人民医院,条件并不好,没有餐厅,患者的一日三餐都需要自己解决。

王连生的妹妹、女儿和侄子王德波三家人,轮流给王连生送饭。王连生不愿意打扰亲人,每天早餐,他自己走出医院,吃一根油条,喝一碗豆浆。

天天如此。

家里人让王连生换换样,王连生说爱吃。

王连生自己明白，家里人也明白，油条豆浆最经济实惠。

长期生病，王连生身体虚弱，需要补充营养。妻子唯一的办法是每天给王连生打一个鸡蛋，用开水冲一下喝。

每天一个鸡蛋，也常常保证不了。

有时候是家里没有鸡蛋，有时候王连生看同病房的人困难，自己不喝，把鸡蛋送人。

一次，妹妹王连荣的爱人出差，出差补助费没有舍得花，买了一只沟帮子烧鸡带回来。

王连荣没让家里人吃，把整只烧鸡送到医院给了王连生。

王连生却把烧鸡掰开分成几份，一一送给几个家里困难的病友。王连荣一口都没有舍得吃，一口没有让家里人吃，看着哥哥把烧鸡送人，她内心隐隐有一点不舍。

没有办法，这就是王连生，这就是自己的哥哥。

病越来越重，王连生尽管什么都不说，心里很明白。

每一个人对生命似乎都有一种感知，能够倾听到死神走近自己的细微脚步声，体会到生命之叶在风吹动之下的颤动。

从来不麻烦别人，也从来怕麻烦别人的王连生，开始找人，找他的老同事、老部下，交代自己的后事。

李鸿芳当时是副县长，听说王连生找他，匆匆赶到医院。

此时，疾病的长期折磨，使王连生很憔悴很疲惫。李鸿芳面对王连生，面对工作上的战友与伙伴，心中涌上一丝苦涩。

王连生嘱咐李鸿芳帮他做三件事情：

一、送他回下甸子，看看老父亲。

二、死后火化好好炼一下，看他究竟得了什么病。

三、不开追悼会。

第一件事情，李鸿芳马上做。他从县里安排了一辆车，已经坐不住的王连生躺在车座上回到下甸子。这是王连生最后一次回下甸子，最后一次看看家乡山水，最后见父亲一面。

王连生泪流满面地对父亲说："儿子不孝，让您白发人送黑发人。"

第二件事情，李鸿芳按照王连生的要求去做了。李鸿芳去了杨家街的殡仪馆安排王连生的火化，他从王连生的骨灰中，找到了一块像石头一样坚硬的东西。

第三件事情，不开追悼会。李鸿芳没有做到，也没有能力做到。

王连生牵挂着下甸子，牵挂着下甸子的发展，他让人找到赵长愉。

赵长愉此时是桓仁县供销联社党委书记、主任。

王连生对赵长愉说："下甸子的党支部书记王平富是一个实干的干部，但是观念与思想陈旧了，不适应改革开放新形势的需要。"

赵长愉对王平富也非常了解，他同意王连生的观点。

王连生说："王平富兢兢业业工作多年，我们应该爱护干部，给他安排一个合适的岗位。"

按照王连生的心愿，赵长愉安排王平富到沙尖子供销社担任了党支部书记。

王连生是一个非常重感情的人，罗诚信说：有一件事加速了王连生病情的恶化。

张国凤去世。

张国凤是王连生非常欣赏与重用的一个年轻干部，两个人关系一直很好。王连生住院，张国凤常常来看他。

张国凤血压高，一天中午，突然脑出血，出血量很大，县人民医院的技术条件有限，面对棘手的病情无能为力。

张国凤在干部病房抢救，县医院唯一的干部病房。

王连生从自己住的病房赶来看望张国凤，看着张国凤的生命在凋零，他一下子瘫倒在地上。

医院水泥地是冰冷的。

王连生的心是冰冷的。

王连生病房后面不远的地方是医院的太平房，张国凤的灵堂设在这里，孩子的哭声清晰地传过来。

王连生无法入眠。

大女婿要把他接到自己家里住几天，王连生不去。他一直看着送走张国凤。这件事对王连生打击特别大，王连生内心的疼痛无法倾诉与发泄,他好几天没有吃饭,躺在病床上流泪,他惋惜张国凤太年轻了。

王连生对妻子说:"不如,我替他去死。"

王连生去世的那天下午,王德波一个人在医院陪他。

王连生对王德波说:"长子不孝,让白发人送黑发人,我如何面对祖宗,如何面对老父亲。"一向刚毅的王连生失声痛哭,王德波也禁不住失声痛哭。

王连生握着王德波的手说:"我走后,家人会很悲痛,一个家庭不能在悲痛中生活,你要想办法帮助家人尽快从悲痛中走出来。"

清白在人间

安徽包公祠里有个著名的廉泉。说廉泉水很神奇,普通老百姓喝了解渴,清官喝下去清冽可口甘醇香甜,贪官喝下去苦涩难咽,如鲠在喉。

广州城外也有一池泉水名"贪泉"。传说饮了泉水会贪婪成性。晋代人吴隐之任广州太守,他不信,照饮不误还写了一首诗:

古人云此水,一歃怀千金。

试使夷齐饮,终当不易心。

他在任期间,廉洁自律,坚持自己的操守。

相传吴隐之为官三年,两袖清风。上任时从北江乘船而过,风平浪静。离任时又从此江经过,他站立船头,心平气和,自以为在任时明镜高悬,无愧黎民百姓。不料猛然间天昏地暗,狂风暴雨直摧桅杆,江中恶浪翻滚,危及船舢。吴隐之大惊失色,自省并无丝毫贪欲和劣行,不该受老天如此责罚,便转身问夫人:离去时是否受了什么人的馈赠?

夫人沉思片刻,答曰:受领过一块沉香木。

吴隐之大怒,连声喝道:"扔了,别让一块沉香木毁我一生清白!"

沉香木被扔进了江中。少顷,就见风平浪静,雨停云散,江天一派清朗，大船得以扬帆顺行。

一个故事，传递一个道理。

恶再小，也是恶，勿以恶小而为之。

1980年12月，不再担任县委书记的王连生被录用为国家干部，工作时间从1980年算起，行政级别二十一级，工资60.5元。

职务是沙尖子公社副主任。

王连生重新回到沙尖子，回到下甸子。

家乡山河依旧，月光依旧，风光依旧，乡亲们依旧。在下甸子，人们对他的信任与依恋也依旧。

1983年1月，王连生的行政级别提升为二十级，工资调整为68.5元。1985年9月23日，王连生的工资提高了16.5元，为85元，这也是他生命最后的数字。

王连生从正式成为国家干部到去世，只有6年。

王连生所住的县政府1号宿舍，只有十几平方米，屋里砌着火炕，柴灶口在走廊里。简陋的宿舍还是后改建的，以前是王连生和李鸿芳等三个县领导睡在一铺火炕上。

王连生自己烧炕。

他搬一个小凳子坐在走廊上，习惯一面烧炕一面看书，手中拿着一根木棍，一边捅火一边划来划去。

文德义的记忆里，王连生17年没有在下甸子报销过一分钱。每次出差，王连生不报销补助费。

文德义在大队挣工分，每年工分4200分，大队妇女主任4300分，王连生和大队长只有5500分。文德义的工分，甚至没有在生产队当妇女队长的妻子多。按照王连生要求，大队干部只能挣各个生产队的平均工分。

从日记里，我摘抄了王连生一份详细的往来账：

上年欠：22.43元

电影费：0.02元

五月节花费：9.2元

开支：3元

梨钱：5.34元

3至8月份电费：12.6元

牛肉：4.6元

菜钱：0.85元

看戏钱：1.55元

人参须子：2.7元

梨钱：0.9元

食料钱：9元

豆油钱：3.85元

9至2月电费：8.5元

计84.76元

1964年，王连生在大队核定的工分是4869分，每天的基本工分是12分。

这一年，王连生全家的工分是5269分，按照每10分0.71元核算，全家的收入为374.10元。

除了王连生的工分,家里人也零星挣了一些工分。

王连兴:123分,上一年补工分85分

王连忠:75分

王连荣:37分

母亲:70分

姑表哥刘振东的儿子要去当兵,找到王连生。

王连生说:"如果孩子条件够,不用你说;如果条件不够,你说了也不行。"

过去的老同事王泽芳来找王连生,说家从沙尖子搬到了桓仁城郊的凤鸣大队。他要王连生帮着说个情,把他家的农村户口变成城市户口,把独生女儿安排到县城当工人。

王连生对他说:"你是共产党员,是一个老同志,孩子的事由政府安排,不用我们操心,我们不能搞这一套。"

一个远房亲戚在工厂是普通工人,王连生当上县委书记之后,工业局把他从工厂调到局里负责技术工作。这个人并没有珍惜这样的机会,反而把一次机会当成一个资本,不懂装懂,对技术员和技术改造指手画脚,引起技术人员上访。

郭永芝把材料交给王连生,王连生看过之后,去工业局开了一次会。在会上,王连生说,任何人都不能打着我的旗号做事情。从哪里来的,回到哪里去。

这个人很快被清退回了工厂。

清是一把尺子,量一个人为官之高矮;白是一把尺子,量一为官之人灵魂之长宽。

  清与白这两个字，随便拿出来一个字都重千斤，都会让很多人粉碎，只是碎得没有价值。不像千锤万凿出深山的石灰，能够留得清白在人间。

  清白是高尚者的通行证，清白也是一个胸怀天下之人的墓志铭。

逐梦乡村

在下甸子安家

王连生老家在庄河县（今辽宁省庄河市）孤山镇土城村。

一段寂静与凄苦的日子之后，庄河那个单薄的小村已经无法支撑起一个家庭的重量与成长的欲望。1925年，王连生的爷爷带着家人开始一次迁移，一次选择，一次背井离乡。

背井离乡这个成语出自马致远《汉宫秋》，意思是离开家乡到外地："假若俺高皇差你个梅香，背井离乡，卧雪眠霜，若是他不恋春风画堂，我便官封你一字王。"（元·马致远《汉宫秋》第三折）

无意之间与有意之中，沙尖子成为一个让他们收拢翅膀的地方，一个让他们扎根的地方。

是一个偶然，也是一个必然。

当年，沙尖子是闻名远近的水陆码头，知名度远远在桓仁县城之上。资料记载：

> 沙尖子镇在县城东南45公里，位于漏河汇入浑江入口处。前有江水环绕，后踞城墙砬子，街道自北而南，长约1.5公里，因江岸有沙滩而得名。"浑江至此形势为之一支，两岸平阔忽露沙滩，艚船、木排辏集此地。""沙尖子为县内经济交易之重要市镇，商业繁荣，岁至粮谷数10万石。"从清末到东北沦陷时期，沙尖子是浑江流域著名的水旱码头和繁荣一时的商埠，被誉为辽东"小上海"。

适合人居的沙尖子，为清贫的王连生的爷爷提供一个安放身体与生命的地方，在距沙尖子码头不远的北沟村，一家人安顿了下来。

爷爷在沙尖子租地种香瓜。王连生的爷爷香瓜种得好，十里八村没有人不知道，人送外号叫"王香瓜"。

爷爷有4个儿子。他们挑着货担子走街串巷做小买卖，卖针头线脑，收购山货、猪鬃与马尾，俗称"挑八股绳"。"挑八股绳"是指货郎所挑的担货担子，前后各用四根绳子担起，共八根绳子。于是，卖杂货的货郎所从事的这一职业被人们形象地称呼为"挑八股绳"。

买卖小，知名度却大。

北沟这个小地方，一个家里有4个人"挑八股绳"，让胡子给"踩盘子"了。"踩盘子"是胡子的黑话，指事先侦察要抢劫的对象。

胡子这个词的来头，一说来自明代或清代，从汉族人对北方越界掠夺的外国或外族人的一种蔑称"胡儿"演化而来；一说是土匪抢掠时掩人耳目戴着有红胡子的面具。

夏天晚上，村里的狗叫了几声，一伙胡子悄悄进屯了。

胡子堵住爷爷家。这时，爷爷的4个儿子只有老大在家，另外3个儿子出去没有回来。家里女人和孩子被关在另一个屋子，老大被胡子绑上了，开始逼问。

要钱，要物。

爷爷一家刚刚搬到北沟本没有什么积蓄。但是，胡子不信，问不出来要打出来，于是给老大灌凉水。

不凑巧，灌了一会儿缸里没水了。

这时，二儿子从外面回来，他感觉家里情况不对，与往日相比十分寂静。细细查看一下，发现家里有胡子，赶紧去报警。

胡子折腾一阵，没能从老大嘴里问出什么，把家里翻了底朝上，也没有翻出来钱，看看时间也不早了，他们知道家里有3个儿子不在，就匆匆走了。走时，把家里所有值钱东西都拿走了，连4个人做买卖的八股绳担子都没放过。

家里一贫如洗。

日子过不下去了，担心胡子再来。1934年，王连生的爷爷领着一家人又回到安东（今丹东市），在市内租了一间房子，继续做小买卖维持生计。

1935年，鸭绿江和浑江发大水。整个安东城都泡在水中，人只能往楼上跑，水整整泡了三天。三天之后，洪水退去，城市一片狼藉。王连生爷爷租的房子被水洗劫一空，所有的家什和做生意的商品，都被水冲走了。

爷爷带着一家人，还要流浪，还要搬家。这时，他们听到了一个消息，沙尖子的胡子头被人杀死了，胡子也散伙了。

沙尖子的胡子头叫双山子，酷爱赌博，常常一个人下山赌钱。

这次，双山子大赢，把北沟一个姓孙老头所有的钱都赢走了。老孙头走到门口，看见一把斧子，他没有多想，拎起斧头就给了双山子一下。

双山子毫无准备，被砍得满脸流血。他一边掏枪，一边大骂，天老爷老大，我老二，你敢砍我。说话时，枪已经掏出来了。

老孙头 看不好，马上补上一斧子，把双山子的头劈开了，双山子倒在门口。

双山子的脑袋被老孙头砍下来，送到警察署，挂在木杆上示众。

树倒猢狲散，匪患没了，爷爷决定，全家搬回沙尖子。

从互助组开始

简陋的茅草房。

1928年6月8日,一个小生命的啼哭打破寂静,一个家的寂静,一个山谷的寂静。

家人给孩子起名:王连生。

童年颠沛流离,很小的时候,王连生跟着家里人回到安东,又从安东回到下甸子。在一面街,一家人最后安顿下来,从此,王连生再也没有离开这里。漏河的水声与城墙砬子的雾,陪伴他生命所有的日子,见证他所有的幸福与痛苦。

日子清贫。

过年,王连生看到有钱人家杀猪,跑回家问:"妈,咱们家什么时候杀猪过年?"

妈妈一声不响,眼泪流了下来。过了很长时间,她才抚摸着王连生的头说:"孩子,我们哪来的猪哇。"

少年不知愁滋味。

但是,少年的王连生却已经品尝了贫穷的苦涩。

1936年、1937年,在学校,王连生读了两年书。

父亲挑着担子走村串巷,用一份微薄的收入支撑着一个家。王连生的心中也有了一份责任感,肩膀尽管稚嫩,也要为父亲分担一份重量。他还小,单薄的身体还不能承受太多的重量,所有的农活中,他只有一个选择:放猪。

王连生成为一个小猪倌儿。

每天，把猪赶到草肥美的地方。猪在吃草，他没有事做，一个人孤单单地游荡在荒野之中，没有伙伴，一个少年的孤独只有天上的云在倾听。

这个时候，整个下甸子都是贫困的。290户人家，80多户靠着扛长活、打短工的收入维持日子，只有一盏星星亮着，只有灶膛里柴火的红。

1944年，王连生还在北沟学过一年的织布。

1947年6月，下甸子解放了，桓仁全境解放了。

红旗的红成为山野深处小村最生动的色彩，成为王连生心中最生动的色彩，成为他生命最生动的色彩。

原本在苦涩日子里煎熬的王连生，在新生活的霞光中，开始另一种日子。

此刻，山水是旧的。

生活是新的。

1947年7月，王连生参加土改，担任下甸子农会组长。1948年，对于王连生的一生很重要。他生命中非常重要的事情都在这一年发生了，实现了。

农历正月十二，他结婚了，妻子姜芳，一个陪伴他一辈子的女人，一个支撑他生命的女人。

1948年12月20日，他入党了，候补期3个月。1949年3月20日，他成为一名正式党员。王连生的入党介绍人是高秀英和赵益盛。

1949年，王连生担任村公安委员、党支部委员。

新生活，让王连生年轻的生命迸发了一种力量，一种改变自己，也改变下甸子的力量。

1950年，王连生联合下甸子15户贫农，组成互助组，这是沙尖子第一个互助组。他们白手起家，15户人家全部的财产加在一起，也只有两头老牛和两头毛驴。组里连喂牲口的槽子都没有，王连生和大家凑钱，买了块柞木抠了一个槽子。没有装种子的袋子，王连生把裤子脱下来，两个裤腿扎起来装种子。

1952年，互助组亩产粮食280公斤，辽东省政府授予王连生"爱国丰产模范"称号。

1953年，他参加全国劳模国庆观礼团，受到毛泽东主席的接见。1955年，他带领农民成立初级合作社向阳社，担任社主任。1956年，下甸子成立高级农业合作社，王连生担任社主任，撤区建乡之后，王连生兼任沙尖子中心乡党委副书记，仍然在下甸子工作。

1958年，成立人民公社，王连生担任沙尖子人民公社副社长、下甸子大队党支部书记。这年2月，向阳农业生产合作社受到国务院水土保持委员会表彰。

从此，作为下甸子的党支部书记，作为下甸子的领路人，在这片土地上，王连生留下一个个深深的脚印。

种树也有学问

老祖宗说，靠山吃山。

在下甸子，山靠不上，也吃不了。多年砍伐，山坡已经光秃，枯干的野草在寂寞的风中摇曳，远远看去，凌乱的石头散落在山坡之上。

治理下甸子，注定要先从治理山开始。在充分调研的基础上，作为党支部书记的王连生提出系统化的治山思路，在生态理念与思想指导下治理山、治理河。

60多年前，在偏远的下甸子，只上过两年学的王连生，是如何具有超越那个时代的理念的？今天，我们已经无法破译与解读。但是，采访时，每一个被采访的下甸子人，都毫不掩饰对王连生的赞美，他们习惯评价王连生的一句话是：他看得远。

看得远，一定是站得高。

对下甸子治山，王连生提出思路：高山戴帽，山间紫穗槐串带，山下坡地修整梯田。从山下到山上，王连生治山是一个封闭的系统，也是一个科学的系统。60多年之后，他留下的理念与成果依旧看守着这个美丽的乡村。

高山戴帽就是栽树。

王连生带领下甸子人在高山上栽树。在树种选择上，王连生把握了一个关系，近期目标与长远目标的关系。于是，山下栽果树，山上栽松树，尽管松树成材时间长，但是经济价值高。

没有树苗，也没有钱去买树苗。

下甸子建立苗圃自己繁育树苗。漏河边的苗圃，主要繁育松树苗与紫穗槐，有两个人专门负责树苗的繁育，为下甸子绿化提供保证。王连生对苗圃非常重视，当时下甸子每一个生产队都有自己的苗圃，都有专门的人员，都有专门用地。

时间不长，下甸子在12座山头和86条沟坡上，植树造林150多万株，栽果树70000棵，紫穗槐串带2200亩，封山育林4600亩。在四旁，植树50000株，营造防护林带6000米，河边杨柳埋干66000米。

于是，一个高山远山用材林、矮山近山经济林、山角沟壑果树林、沿河两岸防护林、村旁道旁绿化林、公共场所风景林的整体架构形成了。

紫穗槐串带

1894年，桓仁县民孟兆瑞来到下甸子，开办一家名字为"德泰兴"的烧锅，从业人员41人，是桓仁最大的酿酒作坊。

酿酒就要烧柴。年年砍伐，下甸子北山上的树木被砍光，剩下一座秃山。雨季，水从山上冲下来，推门进屋，淤泥堆积得比窗台都高。

水患连年。

1955年春天，下甸子封了这道沟，沟名改为"封山沟"。

听说下甸子封山，县里有一个叫王相宝的林业技术员，从县里赶到下甸子，他带来紫穗槐种子，推荐下甸子栽种。下甸子人不认识紫穗槐，王连生也只是曾经在一个小车站上见过一回。

王相宝说了紫穗槐许多好处，一道道地栽在山上（串带）可以拦水土，根瘤菌能肥地，条子还能编筐。

不明白的地方，就要学习，王连生搜集和整理了紫穗槐的所有资料，资料记载：

> 紫穗槐（学名 Amorpha fruticosa）是豆科落叶灌木，高1~4米。枝褐色、被柔毛，后变无毛，叶互生，基部有线形托叶，穗状花序密被短柔毛，花有短梗；花萼被疏毛或几无毛；旗瓣心形，紫色。荚果下垂，微弯曲，顶端具小尖，棕褐色，表面有凸起的疣状腺点。花、果期5—10月。

紫穗槐是多年生优良绿肥，蜜源植物，耐瘠，耐水湿和轻度盐碱土，又能固氮。叶量大且营养丰富，含大量粗蛋白、维生素等，是营养丰富的饲料植物。喜欢干冷气候，耐寒性强，耐干旱能力也很强，能在降水量200毫升左右地区生长。也具有一定的耐淹能力，虽浸水1个月也不致死亡，对土壤要求不严。

紫穗槐是荚果，种子不足时，可采用插条繁殖，春、秋两季均可，但以秋季成活率高。紫穗槐抗风力强，生长快，生长期长，枝叶繁密。紫穗槐郁闭度强，截留雨量能力强，萌蘖性强，根系广，侧根多，不易生病虫害，具有根瘤，改土作用强，是保持水土的优良植物材料。

紫穗槐这些特性，正好适应下甸子，下甸子贫瘠的山坡适合紫穗槐的生长。

王连生心动了，他要试一试。

但是，王连生这个人从来不做没有把握的事情。他决定先在荒山上栽种一块试验田，看看效果，再研究是否推广。春天，下甸子按照王相宝要求的标准育了苗，苗子长成了，符合栽种要求，向阳社的组长贺金成带人上山栽树。

王连生在开会，远望着封山沟栽树的社员，干一会儿歇半天，挂着镐把看风景，懒懒散散。

王连生心动了，大家心没有动。

傍晚，贺金成对王连生说："大伙想不通，不爱干，我也不干了！"

开会吧。王连生和大家说："紫穗槐能编筐编篓增加收入，能肥地保水土，能把荒山变成好地。"

社员贺永贵说："净扯淡！山上串一道子一道子顶啥用，你把紫穗槐夸得这么好，谁见着哩？我不信！"

王连生不做决定，只是给大家介绍情况，让大家争论。

争来争去，意见比较统一了。王连生说："干咱就干个痛快，打心眼儿里赞成的，高高举手。"大伙举起手来，老贺头没举。

王连生又说："反对的举手。"

老贺头不举，把脸一扭。

向阳社在后山20亩空地上串了紫穗槐，其他社思想阻力也不小，有的栽一点，有的还迟疑。性急的村干部看一旦错过栽种的节气，苗子要瞎了，干脆下令："不管是社、组、户，凡是坡地都得栽，不栽就封山。"

栽就栽吧，你有政策，他们有对策。

有人把一大堆苗子挤挤压压栽到一小块地里。

有人栽到七八十度陡的大山尖上。

有人甚至把苗藏到萝卜窖里。

说紫穗槐能肥地，那就试试。第二年春天，王连生带领大家把串带地的沟里沟外都种上倭瓜，夏天青葱葱一片，看不出啥。秋天，倭瓜长成，满山遍野绿格子里结满了红瓜。

第二年，种苞米带小豆也收了不少。

社员们说："工技术员说的什么根瘤菌啦，肥效啦，八成还有门呢！"

试验结果令人惊喜，200亩25度以上山坡地横垄试种成功，保持水土，根瘤菌增肥，每亩增产粮食50～100公斤，割条3500公斤，编笼子4500个，副业收入3500元。

地还是那块地，产量上来了，收入也上来了。

1957年雨季，雨不小，山水下来得却不大，而且水是清的，不像往年那样混浊。大家一下子想到紫穗槐，是它把山水拦住了。

没有紫穗槐串带的秦家沟，被洪水冲个稀里哗啦，老贺头就在这沟门住。大雨过后，他气呼呼地找王连生，也要紫穗槐串带。

王连生笑了："你不是说净扯淡吗？"

"那会儿扯淡，这会儿不是不扯淡了吗！"

下甸子房屋散落在高山之间，70%的耕地在山坡上。种坡地和保持水土，历来是一个尖锐的矛盾。粮食产量低，人们只能用扩大山坡地的办法夺粮，结果水土流失更严重，山坡地更薄，产量更低。

如此恶性循环，注定是一条死路。

怎么样寻求到能种地又能保持水土的两全之计？紫穗槐试验显示了肥地和治水的本事，王连生便把它提高到治理坡耕地的范围来考虑。

治理坡耕地传统办法是建石格子，在水冲露骨的地方，就地取材用石头叠坝堰，逐渐淤成坡式梯田。

这种传统办法和紫穗槐串带比究竟哪一个更好？王连生决定搞对比试验，摆上擂台，分三个地块，使用三种办法。

该串带的李家沟不串，秦家沟用石格子法拦水土。王连生随时随地观察、摸索、积累。几年过去，紫穗槐的好处越发明显，以往只能使用镐头的薄地，土层淤厚能用犁耕了；石格子地上薄下壮，串带地上下均衡。原来人们只知道紫穗槐根瘤菌肥地，看到串带下沿的苞米长得黑绿，发现紫穗槐叶子的肥劲也很大。

擂台也见了分晓。

1963年秋季，二队场院发生争论，王连生打听了一下，知道是为分苞米引起的。

二队先收下李家沟（串带、石格皆无）的苞米、秦家沟（石格）的苞米，对比之下，秦家沟的苞米质量好，分到秦家沟苞米的人挺欢喜，没分到的有点意见。封山沟（串带）苞米下山之后，沉甸甸的大棒，比秦家沟更好，先分到秦家沟苞米的社员眼热了，想把苞米退回去重分。

王连生没有制止争吵，反而鼓动，说闹事情的人也有道理，王连生说话了，大伙争吵得更加热闹了。

秤也撂了，粮食分不下去，官司打到队长秦宝坤那里。

两帮人各讲各的理，并称："王书记都这么说呢！"

老秦一时没转过向："这事怎么能怨王书记?"

王连生递个眼神，把老秦叫到一边说："趁热打铁，通过这个事让大伙认识紫穗槐串带的好处，为下一步发展打下思想基础。"

老秦领会了王连生的意思，问社员："三个沟玉米种的是一个品种，使用同样的猪粪，一样精心侍弄，封山沟的苞米为什么这样好?"

话不说不明，灯不拨不亮。

一根火柴点燃一场思想的大火，一个为分苞米而产生纠纷的事件，转化成为紫穗槐"评功摆好"的思想风暴。

何况，数据在说话，数据会说话。

二队核实出来三个沟产量，封山沟比秦家沟单产高25%，比李家沟高45%。

说服说服，说完之后，社员服了。

秋后，紫穗槐上山，人人背起苗子，扛上镐头，大干70天，串带1043亩，是前8年串带面积的2倍多。

实践证明，思想本身就是一种力量。

观念也是一种力量。

面对一个大队的发展，4000人的生存，王连生不敢有丝毫的马虎。即便是说服大家之后，王连生依旧一次次怀疑自己，一次次质疑自己。他在评判，紫穗槐串带是不是下甸子最好的选择。

有了这样一个机会。

1964年夏天，王连生到山东黄县（今龙口市）下丁家参观，看到这里沟沟岔岔都是水平梯田，平均亩产达到400公斤，心生羡慕之余，王连生也在思考，下甸子能不能搞？

老办法，试试看。

这年，下甸子修了40亩梯田，试种了以后发现问题。下甸子的坡地土层薄，土层下是不能动的石砬子，修梯田用的石头只能从外边拉，成本高、用工多、速度慢。下甸子如果要实现坡地水平梯田化，按照工程量与施工的速度，需要18年。

时间长，投入大。

与此恰恰相反，搞紫穗槐串带，一亩地只用两三个工、几分钱（种子钱）的投入，三两年就见到效果。

下丁家的山坡度缓，下甸子的山坡度陡，有的地方连石头都放不住。探索与试验之后，王连生坚定发展紫穗槐串带的决心，全部坡耕地实现串带化。

这次探索与实践，也让王连生明白一个道理，无论什么样的经验都必须同下甸子的实际相结合。照抄与照搬，不是下甸子的钥匙，也打不开下甸子问题的锁。

深刻的体悟让王连生之后少走了弯路，也让下甸子少走了弯路。

1965年，中共中央东北局书记处候补书记强晓初视察桓仁，对王相宝紫穗槐串带造林技术给予高度评价，称王相宝为王串带。

梯田与祖坟

山脚下，坡度较小的地方，下甸子修梯田。

2021年11月，我走进下甸子村，当年修建的梯田还在。风风雨雨60多年之后，散落在山脚下的梯田，还保持着从前的样子，平整的地面上，泥土汇集，石墙没有塌落。梯田上，已经不种庄稼了，榛子树茂盛地生长着。

梯田是一个农业术语。

梯田是在丘陵山坡地上沿等高线方向修筑的条状阶台式或波浪式断面的田地，是治理坡耕地水土流失的有效措施，蓄水、保土、增产作用十分显著。梯田的通风透光条件较好，有利于作物生长和营养物质的积累。

梯田有很多种类：水平梯田、坡式梯田、复式梯田。

中国早在秦汉时期就开始有梯田。

学者将梯田与长城媲美，说它们同是人造奇迹。

下甸子山地适合修建坡式梯田。

每一个下甸子人，每一个从那个激情时代走过来的下甸子人，都对下甸子修梯田的历史记忆犹新，都有难忘的故事。几乎每一个下甸子的老人，都会讲述一段自己修梯田的往事。

往事并不如烟。

学校的小学生也到修梯田的工地，他们没有力气，干不了重活，负责捡小石头填塞梯田石头墙的缝隙。

修梯田需要大量石头，为了保证修梯田的石料，下甸子建了4个采石场。下甸子甚至有人把家里的围墙拆掉，把石头运到山上。

下甸子修建梯田与园田1800亩。

与修梯田相对应的是平整土地。下甸子仅有少部分平地，王连生提出把平地上的所有坟都迁移上山。

动人家祖坟是大忌。

下甸子历史上，还没有这样的先例。但是，王连生一次次关于下甸子发展的思路举措与取得的成果，已经在百姓心中产生了一种力量，产生一种影响力。下甸子人由对王连生的信任，延伸到对王连生每一项举措的信任。下甸子平地里所有的坟如期迁移到山上，

最大的王家坟，仅仅砖头就拆下来2万多块。

这一段经历，王连生有深刻的感受与体会。1966年4月6日，王连生在《人民日报》发表文章《要学会发动大家动手干》，记录自己的体会与感受。

封山育林

王连生与下甸子更早地具有了朦胧的生态理念，更早地关心自然，更多了对自然的尊重，对规律的尊重。1955年，下甸子就开始封山育林。

在下甸子，封山育林不是盲目做出的一个决定，而是分步实施的系统工程，有长远的目标，有具体的操作方案。

1955年，在两道沟、封山沟、祝家沟，封山300亩。

1956年，在大五道沟封山75亩。

1956年，在水库沟黑松林封山30亩。

1957年，在背阴汀封山150亩，其中耕地35亩。

这时，辽阔但是贫穷与荒凉的乡村土地上，更多的是砍伐声，是对山的无尽索取。为了让自己的日子站起来，一棵棵树倒了下去。对树木的砍伐成为一种职业，有了一个名词——林业工人。我们都读过这样的一则新闻：

> 一个叫马永顺的人，靠弯把子锯一个冬天采伐木材1200立方米，1人完成6人的工作量，创全国手工伐木产量之最。他创造的"安全伐木法""四季锉锯法"在林业战线得到推广。多次被评为黑龙江省特等劳动模范和全国劳动模范，并14次受到毛泽东、周恩来等老一辈革命家的接见。
>
> 他大半辈子采伐原木，他自己估计，砍伐了36500棵

树木。

最后，他发现自己欠下青山一笔债，于是要植树。砍倒一棵树，他要栽上一棵树。从1982年退休后到1999年底，坚持17年造林不止，他和家人已植树5万多棵。

1998年，他因此荣获联合国环保奖。

起初，下甸子造林是封一处造一处，停一处栽一处，4000多亩造林面积，分布在上千处的挂画地上。

挂画地是指地块很小、山坡很陡，地像画一样挂在山坡上。

1971年，全国林业工作会议后，下甸子改零星分散造林为一沟一坡集中成片造林，发动千人植树造林。三天时间就在三坡一沟造林27万株，打开队界，把原来分散小块的林地连成了一片。

植树造林，王连生采取"以短养长，长短结合"的方式。

一方面发展杨、槐等速生用材林；一方面发展生长速度慢的落叶松用材林；一方面发展收益快的果树林；一方面发展收益较慢的木本粮油林。这样既可很快受益，增加收入，解决用材，又促进了发展长远林业的积极性。

能不能在树上做文章？

他看中了木本粮食——板栗，板栗树栽上十来年后，每年一棵树能出50多斤栗子。

他看中了山楂，山楂树成活率高，产量高。

接种果树，需要6万株砧木。下甸子想办法从邻近的集安与宽甸15个大队的山上，挖回来5万株砧木。社员林云清走了30多里地，到宽甸平沟子，通过亲属挖回来4200多株砧木。

有了树，还需要人。

王连生组织有接穗经验的社员当老师,召开现场会,下旬子能够接穗的社员从几个人增加到200多人。

老规矩,腊月不能栽树,王连生不服这个理。

腊月,他带人从八队的山上挖树,拉到大队后山栽。地冻着,挖树必须使用尖镐,一点一点把泥土清理开,让树根保留着冻土团,栽完的树浇上水。第二年春天,树一点都不用缓苗,成活率100%。

和烂石滩要地

4000多亩挂画地封山，下甸子地少了。

从7000多亩土地一下子减少到3000多亩。地少了，人没有少，粮食产量不能够减。面对这样的矛盾，王连生走了两步棋，造地与改良土地，一个是在增量上下功夫，一个是在存量上下功夫。用这两步棋化解发展道路上的困惑。

造地，抓住大的，不放小的。

漏河的河道取直之后，原来的两个河湾留下了大片河滩，乱石堆积，无法耕种，王连生把目光投向了这里，向河滩要地。

最大的一片河滩在龙王庙，有上百亩，王连生和下甸子人采用搬石运土的办法，在龙王庙人工造田。首先，把河滩里的所有石头挖出来运走，然后把土从远处运来，把地垫平整，让河滩成为能够耕种的良田。

河滩成了一个战场，工地挂上大喇叭，每天广播，宣传板报上是"为革命造田，为人民吃苦"10个大字。

河口，风原本就大。滴水成冰的季节，风吹过，透骨地冷。临时修建的400米左右的轱辘马轨道上，社员们来回地跑着，头上冒着热汗。

大队革委会副主任王平富，患有严重肾炎，仍然带头抢重活干。一个冬天，他一个人刨断了三根镐把。我们可以想象，什么样的劳动强度，才能让一把农具残破不堪。

社员孙德福的家离工地4里多路,隔着一道河。

河上,没有桥。

平时,他蹚水过河。入冬,河里结了冰碴。他每天从结冰碴的水中蹚过,早早到工地,晚上半夜才回家。从来没有迟到,也没有早退,多么寒冷的天,也没有耽误一个工。

诗人舒婷写过这样的诗句:

> 即使冰雪封住了每一条道路
> 仍有向远方出发的人

冰雪覆盖的下甸子山河之上,每天依旧有人出发,他们不是为了诗歌,也不是为了远方,只是为了改变这片祖祖辈辈生活的土地,

改变自己的生活。在这样的动力之下,一个人每天平均推着车子要走80里路程。

一块一块石头搬出去,一车一车土运过来,仅仅一个河湾,100多亩地造出来。荒凉的乱石堆积的河滩成为高粱的家,成为玉米的家,成为谷子的家。它们以自己的火红与金黄,让曾经的每一滴汗水在米粒上闪烁着光泽。

抓小,闸沟造地。

下甸子的4000多人散落在沟沟岔岔里,沟壑纵横。这些沟雨天是水,晴天是石,一片绿色之外,远远看去,每一道沟岔都仿佛是一道伤痕。

王连生要把这些废沟利用起来,打出粮食。

几百斤重的大石头挖出来一块又一块,一米多宽的谷坊垒起一层又一层。

刘维山是一个贫苦出身的人,旧社会给地主扛活冻掉了脚后跟,走路干活都不方便。造地,他一定要参加,拄着棍子进沟,站累了就跪在地上,用手一块一块地挖石头。

杨吉玉有严重关节炎,上下工都得拄棍才能走。到工地上,他也拣重活干,砸石头震得两手都是血口子,吃饭时手不能拿筷子,孩子喂他吃。

奋战80天,修起30道总长1000多米的谷坊,造地55亩。

下甸子有闸沟20条,修起谷坊400多座,总长8000多米,造地500亩。

对原有土地进行改良,提高单位面积产量。

坡耕地,紫穗槐串带。

缓坡地，建梯田。

旱平地，通过抽石格，捡浮石，拉土垫地，挖踏方田，平整土地，增厚土层，使土地逐步连片。

建成旱涝保收低产变高产田1800亩，土地面积由原来的7000亩减少到4500亩，粮食产量却不降反升，下甸子粮食总产量由过去的100万斤增加到200万斤，翻了一倍。

不只是数字的变化，更是思想的一次飞跃。

从量变到质变。

半截沟水库

夕阳西下,半截沟水库旧址,淡淡的小花在晚风中摇曳。原来的水库堤坝已经成了庄稼地,收割之后的地上依稀能够看出堤坝的影子。

不远处,凉亭还在;山边,小路还在。一条小河从堤坝的断裂处匆匆向山下走去,向远方走去。河边洗涮衣服的农妇闲适而宁静,炊烟也是。

半截沟水库,1955年开始建设。

水库是泥土筑坝的结构,坝中间是黄土,采用人工打夯方式,把黄土坝打实,外面堆砌黑土。

下甸子当时没有任何机械设备,所有劳动都靠人工。人们挑着土篮子,一担一担把黄土从坝下挑到坝顶。

工地上,马车负责把黄土从远处的黄泥坑拉到水库坝下。

很长一个时期,马车是下甸子最重要的运输工具,每一个生产队都有专门饲养员负责养马,每一个生产队都有马车,只是队的大小与实力不同,马车的数量不同。

车夫也是一个重要的岗位,是一个被王连生从严管理的岗位。在王连生的日记里,我们看到,1957年11月19日,大队曾经开会,专门研究对几个车夫问题的处理。4个有问题的车夫,都退回了赃款,分别罚款8元、10元不等,写出检讨。

不只是在下甸子,桓仁县也是这样。

文明的火星溅落之前，桓仁最早的运输工具是畜力大车，被称为大铁车，也称"大眼车"，清末和民国时期盛行于县内广大农村。此车木制车轮并铆铁钉，车轮固定在车轴上，运行时轮轴齐转，载重1～1.5吨，日行25公里，农忙务农，农闲跑运输。20世纪20年代中期，县内渐兴花轱辘铁车，木篷、木轮、轮上扣铁瓦，木（铁）轴与车轮不联动，载重量2.5吨，日行30公里。1945年，县内有花轱辘车40台。1956年，农业合作化后，花轱辘车得以发展，至1958年年底，全县有花轱辘车2447台。70年代后，渐被胶轮大车代替，1978年，全县仅有花轱辘车19台。胶轮大车形状与铁车相似，唯车架宽，大车轱辘中安有轴承，车轮为汽车胎，载重量1～2吨，日行50公里。随着农村集体经济的发展壮大，胶轮大车逐渐增多，成为桓仁农村主要运输工具。

水库修建工地，马车是主要运输工具。

愚公移山的故事中，愚公是移山的人。

下甸子，当代愚公在堆山。他们一点点把一座泥土的大坝堆砌在两个山峰中间。

修建水库期间，社员凌晨4点多起来，吃完饭，走一个多小时，从家里来到水库工地。

当年的妇女队长李在花说："白天在工地上，他们来往都是一路小跑，回到家里肩膀都是肿的。"

中午饭，晚上饭，都是在水库工地上吃。

王连生也天天在水库工地，他和大家一起挑土打夯，一样在工地上吃两顿饭。忙，他常常连饭都吃不上。

一天，王连生问高永珍："你拿干粮了吗？"

高永珍说:"拿了。"

王连生问:"有剩下的吗?"

高永珍把剩下的干粮递给王连生。

打夯是力气活。

夯土需要重木夯。夯多是用杂木或者石头制成的,重40~50千克,需6~10人提打才适宜。打夯时,人员分配要合理。四角处提夯的人要工作熟练,有经验,体力需充沛;扶夯的人需能力强、体力强、有技术经验。扶夯责任大,要善于指挥,能以夯落地的声音来判断该处夯实与否,以此来决定是否加夯以及加夯次数。

63个白天和40个夜晚的奋战,水库建成。水库的堤基宽64米,高13米,长125米,能够蓄水40万立方米。

水有了,下甸子也有了水田,老百姓能吃上大米了。

水库刚修好,晚上下起了雨,雨越下越大。

听着雨声,王连生睡不着,凭着经验他知道这场雨不小,也不会马上停,他牵挂水库安危,穿上衣服要去水库查看一下。

他家住的一面街离半截沟水库有十多里地,浓浓的夜色里,坎坷的路湿滑。王连生穿上雨衣骑上自行车向半截沟水库奔去。风急雨大,骑了不远就骑不动,只好推着自行车在暴风骤雨中艰难地前行。

在城墙砬子沟门,他发现有两只狼一前一后盯着他走。

王连生起初并没有在意,走到偏僻处,两只狼突然一前一后将他堵在路上,前后夹击。王连生手中什么都没有,只能抡起自行车与狼搏斗,把自行车当作一件武器,他一边搏斗一边大声呼救,身上的雨衣已经被狼撕咬破了。

此时,隔着一大片庄稼地的一户人家亮起了灯,有人起夜上厕所，这个人叫贺金成。贺金成听到庄稼地另一边的大道上传来呼救声。贺金成转身就跑进屋里，连忙叫醒他婶子，说，大道上有人喊救命！贺金成的婶子急忙推开窗户，呼救声传进屋里，她趴在窗台上仔细听了听，对贺金成说："我怎么听这声音像王连生，他一定是遇到危险了，快，赶紧点上灯笼过去看看。"

贺金成赶紧点上灯笼一溜小跑赶了过去。王连生这时已经爬到路边排灌站的木架子上，两只狼在脚下蹿来蹿去。贺金成提着灯笼大吼一声，狼被突来的声音和光亮吓得嗖的一下蹿进了玉米地，不见了踪影。

贺金成赶忙将王连生从架子上扶了下来，他明显感觉到王连生有些虚脱。

大雨还在一直下着，王连生稍微缓了缓，告诉贺金成，他还要继续赶往半截沟水库，怕水库发生险情。

王连生推着自行车先到下甸子大队部，大队部只有一个人在值班，不能离开值班岗位。从大队部到半截沟水库还要蹚过漏河才能到达，此时漏河水也在猛涨着。王连生把自行车放在大队部，步行来到漏河边，河水猛涨，想蹚水过河已不可能，只能浮水过河。王连生从小在浑江边上长大，练就一身好水性。河水很急，但王连生并不惧怕，只身跳进河里，虽然一下子就被冲出去挺远，但他还是顺利地浮了过去。

王连生赶到半截沟水库时，水库里的水早已经超过警戒水位，再不泄洪就有漫坝溃坝的危险。王连生急忙把在水库边上居住的小队干部喊起来，人们纷纷来到坝上。这时候又遇到一个棘手的难题，由于这些人从小在山沟里长大，没有人会水，而泄洪的梯级排水孔盖已经都没在深水里，而潜入水下打开排水孔盖，人很容易被巨大的抽力抽进排水孔。

王连生让人们拿来绳子系在自己的腰上,他一个猛子就扎进了冰冷的水底,人们在坝上紧紧地握住绳子。他一个猛子又一个猛子扎入水下,逐个打开排水孔盖。

险情排除,坝下的上千人安全了。当人们把王连生拽到坝上,他已经被冰凉的山水冻得手脚不听使唤了,大家赶紧将王连生扶到社员家里的热炕上暖和。

第二天早上,王连生回到家里。到家后王连生病倒了,腰疼、胃疼,还发着高烧,一连几天高烧不退。家里人不知道他这一夜都经历了什么。在母亲和妻子的精心护理下,王连生才渐渐好了起来,也从此落下了腰寒、胃寒的毛病。

20世纪70年代以前,沙尖子地区常有狼群活动,人们走夜路的时候遇到狼不是什么稀奇事。

城墙砬子沟门的山坡上曾经住着一户姓金的朝鲜族人家,男人平时喜欢喝酒,经常喝得醉醺醺的。

一次老金在一个朋友家喝酒,喝到半夜才往家走,一只狼始终尾随着他。老金摇摇晃晃并没有发现有狼尾随,狼趁老金不备,从后面发起攻击,一口就咬到老金裤裆上。老金穿的是传统民族服装,这一口并没有咬到要害部位,反而把狼牙挂在老金的裤裆上,老金被拽得一个腚蹲就坐到狼的脖子上,酒吓醒了一半。他一只手死死地卡住狼脖子,一只手挥拳猛砸狼头,不知道砸了多长时间,天亮时,老金的拳头已经血肉模糊,狼也没了气息。

王连生经常在晚上组织大队、小队干部社员开会,开完会一个人走夜路更是常事。这次与狼相遇之后,为了安全起见,大队给王连生配了一把马刀,走夜路时防身用。

葡萄架岭下的水声

葡萄架岭的名字与葡萄有关，与岭有关。

两座山峰逶迤而下，山峰之间是一个百米左右的山谷，乱石密布。悄然生长的灌木丛中，一条小溪流淌而过，蜿蜒之后汇入了漏河。山谷之下，近千亩的土地被流水声淹没。

下旬子要多开发稻田，要提高粮食的产量需要水，建设了半截沟水库之后，王连生决定再建一座水库。几经选址，确定在葡萄架岭再修一座水库。

1957年9月12日，葡萄架岭水库动工。

有了半截沟水库建设的经验积累，有了人才储备，修建葡萄架岭水库的速度与质量，都有了很大提高。

王连生解决了一个核心问题，劳动强度。

修建半截沟水库时，财力与经验的支撑不够，一个浩大的工程全部靠人力，一个个血肉之躯是推动水库建设的唯一力量。一个人的力量毕竟是单薄的，只好靠着阳光之下与月光之下的苦战，弥补着力量的不足。靠着精神的力量，下旬子人拉近现实与理想的距离。

修建葡萄架岭水库，王连生有了经验，他安排人去县里买了40个车轮，让大队木匠做了40辆独轮车。与肩膀挑的土篮子相比，独轮车的装载量大大增加，劳动强度大大减少。于是，在工地上，看不到挑着土篮子奔跑的人，视野里是一辆辆穿行的独轮车。

修建泥土堤坝，需要把泥土夯实，修建半截沟水库靠人工打夯，一天下来，打夯的人肩膀抬不起来。这次，王连生联系县里农机站，租了一台拖拉机碾压堤坝，拖拉机把堤坝碾压结实之后，人们继续堆积泥土。

施工速度快，人们办法也多了。

修水渠需要横跨一个70米宽的大沟。按照技术员的设计，使用水泥管子深埋，需要经费1800元。

李春宴说："花这么多钱，叫什么自力更生？"

不花钱也办事，经过琢磨，他想出一个挖"水平沟"的办法，只花3元钱就解决问题。

一个容积36万立方米的水库建成，水库下面的土地有了水的滋润，又开发了200亩稻田。

下甸子一步步告别靠天吃饭的日子。

下甸子的"红旗渠"

水库建成了,但是这一年的春天与夏天,很少下雨,水库没水。

没有水,稻田还是无法播种。为从根本上解决水的问题,王连生与大队干部沿着漏河走了几次,他要把漏河的水引上来,灌溉稻田。

思路有了,办法也有了。

王连生决定修建一条水渠,利用水坝堵住漏河水,提升水位,通过水渠把水引入稻田。

方案也很快制订出来。

在漏河石龙段建一座拦水坝,砸开石龙通过渠道把漏河水输送到公路对面的渠道。为让水能够流过,需要炸掉一个名字叫"王八脖子"的石崖。

《辽宁日报》在长篇通讯《让山长树·向河要地·向地要粮·下甸子再造山河》中,对此有生动的描述:

> 一九五七年插秧的时候,下甸子八百亩新开的水田大部分在那晒太阳,满地的干块土喝不着一滴水。这时有谁比党支部书记王连生更着急呢!下甸子这个很少见过大米的穷山沟,解放后逐渐开起水田来。群众尝到了甜头,水田越开越多,插秧时的"水荒"也就发生了。高级社成立

后，王连生决心带领群众彻底解决水的问题。

一九五六年，他们苦干一春修成个小水库，转过年一下子扩大水田八百亩。没承想，小水库由于沟身短，蓄水量小，插秧时又赶上天旱无雨，水库变成了干库。

唯一有水的地方是漏河上游，偏偏又被一个叫"王八脖子"的高大石砬子横挡着，王连生望着水着急，却没法引过来。农时不等人，新开的大片水田只好毁种晚田作物。

这一下村中议论开了。有个富裕中农说："大米饭是好吃，可是苍蝇落在铜盆上，是铜你也啃不动。"王连生的父亲劝告他："咱们穷人没长吃大米的肚子，你就安分守己，领大伙把苞米种好就行啦！"一些党员同志担心：栽了跟斗，王书记恐怕不敢出头办大事了。是呀，失败可能使人更清醒，更坚强，也可能使人从此信奉"不求有功，但求无过"的中庸之道，变成不敢承担革命责任的人。因为已经给群众造成损失，王连生的心情是沉重的。但是，他反复考虑：扩大水田并没错，群众要求干，也应该干；错在水源没有十分把握的时候，一步迈大了。怎么办？这一步是跨过去，还是撤回来？他觉得这是个关系到集体经济能不能巩固的大问题。靠高级社能增产吗？一些人又怀疑，一些人在看笑话。个人威信算不了什么，为集体经济，这口气是非争不可！水田还得开，水源要解决，干革命就是按下葫芦瓢起来，不能一帆风顺！于是，紧接着栽跟斗之后，王连生提出干一件大事：砍掉"王八脖子"，开山劈岭巧取隔山水！

这"王八脖子"立陡石崖，足有三四层楼高，从上往下看都晕眼。凭着一个高级社的力量能砍掉它吗？支部委员们多次争论这个问题。请看各派的意见。有设计能力的李炳勤建议说："引水我赞成。开山工程大，不可以架木槽吗？"王云芝："架木槽一次一百张板子，两千元，三两年一换，哪能干得起！"王连生："对。"这一招不行。李炳勤："还可以掏山洞。"王云芝："这我赞成，免得出危险。"王连生："打洞子人力施展不开，工程进展太慢。"这一招也不行。要干只剩下劈砬子一条路。王云芝："劈砬子放炮投资大，咱们家底薄。"王连生："越穷才越要干，不干就更穷。再说咱们社里还有款。"王云芝："引不过来水怎么办？"王连生："这个我反复琢磨过、测量过也请教过。过不来水不外是因为引水的地方水位低和石砬子这段渠道漏水。我们从大上边凿开'石龙'，引漏河水水位不低这个没疑问。石砬子这段漏水问题可以用深挖下边渠道加流速的办法解决。实在不行可以碾水泥。"王云芝："这么长一溜渠道得多少水泥！"王连生："渠道多长我量过，最多不过一百米，干得起。"王云芝："步迈大了咱们吃过亏，可不能再冒险哪！"王连生："条件不具备步迈大了是错误；条件具备了不敢迈步更是错误。"王云芝："就算能过来水吧，可是咱不懂技术。'王八脖子'那有说道，万一打死人这个责任谁负得起！"别的支委也有顾虑着这一层的，这其中还有缘故呢！

砍"王八脖子"的计划提出来之后，一些过去没大听说过的故事在村子里传开了。说开山引水必须经过的"石龙""虾背"都是"风水地"，是出龙出凤的地方。当年一位骑驴的阴阳先生到山坡上一指,说:"这有虾!"一挖真就出来了,好家伙,个头有磨盘大!谁要在这动土,下甸子就要遭三灾八难。又说,"王八脖子"是个凶地,中华民国时期修国道,开工头一炮就崩死个石匠,之后再没人敢碰它,连牲口到这都得竖起耳朵快走,把套拉得溜直。现在常翻车就是石匠抓替死鬼呢……这些风言风语在群众中有相当的影响,一些干部也觉得"王八脖子"不好惹。王连生一时没法说服大家,也没放弃开山的打算。

一天,王连生的父亲也说起"石龙""虾背"的事,并恳切地嘱咐王连生:"你可别领头动'王八脖子',人命关天哪!"王连生问:"这话你是从哪听来的?""陈显泽特意告诉我的。""陈显泽?!地主陈显泽……"王连生的心里像推开两扇门似的透明透亮了。支部会上,他非常激动地说:"并不是'王八脖子'那有鬼有神,而是阶级敌人在闹鬼!咱们分了陈家的地,开水田吃大米,这位'东家'心里不舒坦。现在开山引水又要从他陈家坟茔边上经过,冲了他的'地气',于是就编造鬼话暗地里拆我们的台!"嚣张而愚蠢的敌人企图用迷信阻止贫下中农创立基业,反倒激发了干部和群众的革命志气。王云芝同志愤愤地说:"原来是老地主耍的鬼把戏,差点上了他的当。"会上,群情激昂,他们说:"打得倒地主也开得了山!是刀山要上,是枯井要探,不斩断'王八脖子',绝不罢休!"

紧接着,党支部邀请39名贫下中农积极分子共商开山大计。没等王连生把话说完,大伙就憋不住了。老贫农傅长有说:"王书记,有难处不要紧,我们'保驾',漏不了兜!"老贫农刘贵堂说:"这是给自己打江山,豁上我这把老骨头也心甘情愿!"贫农孙洪庆说:"是碉堡流血牺牲还拿下来,何况它个老老实实的'王八脖子'!"在矿上做过工的朝鲜族社员崔管成说:"没技术的,好办!打眼放炮老师傅,我得当,行啊!"

他们出谋献策,争着担负最艰巨的任务。王连生问:"多会儿开工?"

"干脆,明天就干!"

十二月一日,这支贫下中农突击队向"王八脖子"开刀了,凿石声震响着寂静的山谷。太阳偏西时,眼打好了。支委会研究后,王连生告诉装药的人装好三炮,每炮的药量照通常情况下加一倍。他要用炮的威力做进一步的思想动员:崩开更多的岩石,振奋人心,确立必胜的信心。王连生安排最可靠的人专门听爆破时是几声炮响,免得人们围上来了有后发火的雷管爆炸。他知道,这时出半点差错都会成为敌人造谣的口实,伤了阶级弟兄的斗志。红旗一摆,山下禁止通行,凿石的人们向远处退去,两山之间显得这样的宽阔、寂静。这时,留在砬子顶上的是准备点炮的王连生,还有一个是王连生撵也撵不走的贫农玄太林。两个人都没点过炮。玄太林说:"点炮有危险,我来!万一山了事,伤我是伤一个,伤你可是伤一群哪!"王连生说:"最后破除迷信还得靠这几炮,我点最合适,你快走!"香烟头接近了药捻子,王连生的手微微颤抖着……吱啦一声,青烟直冒,玄太林不走;点着第二根,玄太林还不走;第三根点完,这两个阶级弟兄才并肩向荒野跑去……

轰——轰——轰——天崩地裂的三声巨响震撼着山谷，大块的岩石劈裂下来，这是显示下甸子人革命胆略和英雄气概的声音哪！从此后，工程顺利地进展着。正是寒冬冰雪天，砬子顶上河口风嗖嗖地吹，树毛子唑唑叫。傅长有穿件小褂抡大锤头上还冒着汗呢。刘贵堂的手出血了，老汉笑笑说："流点血不算啥，砍断'王八脖子'是真格的。"孙洪庆脚脖子肿了，王连生劝他休息。他说："我向支部表过决心，工程不完不下火线。"他挂棍上工，爬着过小桥，照样坚持工作。原来畏难情绪较大的王云芝同志，这时领导施工，早来晚走，天天点炮，简直成了个"开山迷"。这些赤胆忠心的干部和贫下中农，真是献出了全部的力量和智慧。他们在冰天雪地里苦干两个月，比原计划提前三十天，就把"王八脖子"砍断了。

　　第二年，春暖花开时，一道清泉从那半山腰里流过来。这一年下甸子水田开到一千七百亩，全部获得大丰收。

文字真实记录了王连生和下甸子人的精彩。

1961年8月19日，《辽宁日报》又一次刊发报道，讲述省特等农业劳动模范、桓仁县沙尖子公社下甸子大队党支部书记王连生的事迹，并配发社论：《我省山区建设的又一面旗帜》。

旗帜永远飘扬。

漏河之痛

漏河是下甸子的母亲河。

漏河发源于桓仁县东南部刀尖岭西麓，东邻五里甸子河，北为红汀子河，西南两面临浑江。流经沙尖子镇影壁山、小围子、下甸子村至沙尖子村，从左岸汇入浑江。

漏河，河长25公里，有5.5公里从下甸子穿过。

漏河与下甸子特殊的地质有关。由于河床处在火山爆发的断裂带上，河水通过岩石缝隙渗漏下去。干旱季节，河段常常干枯、断流，于是，起了一个漏河的名字。

历史上，漏河也曾经给下甸子人带来一次次的伤害。洪水季节，往日干枯的河床上，混浊的洪水奔涌，撕开了河岸与田地，甚至房屋。

河不宁，下甸子也不安静。

王连生担任大队书记之后，一直有一个心愿，治理好漏河。

办法，人们想了许多。

最初，是单纯抗洪，采取放"阴阳树"的办法，减缓洪水的伤害。每早汛期，提前把河岸的树砍倒，固定在河岸上，减少 下洪水冲刷河岸的力量。

但是，治标不治本，水流只是舒缓了一下，洪水带来的伤害并没有消失。由于砍伐下来的树木只能使用一次，河岸的树越砍越少，河道却越冲越宽。

放"阴阳树"不行，就修坝。

王连生带领下甸子修起"木牛坝"。

1953年到1958年的6年间，用了16万个工，修了1000多座堆石坝和木牛坝。可是，1960年的一场洪水不但把所有坝都冲垮了，还淹没400亩土地，冲走了十多户人家的房屋。

60多年之后，下甸子人对这场洪水记忆犹新。

1960年8月3日，特大洪水袭击了下甸子，冲毁堤坝之后，漏河成了一片汪洋，下甸子成了一片水泽。

房屋的碎片，凌乱的柴草、庄稼与连根拔出来的树木，在水面上漂浮着。雾气蒙蒙，雨很大，河岸边妇女和孩子的哭叫声，透过雾气远远地传过来。

这个时候，有人传来一个消息。

沙尖子水电站的一辆汽车被洪水围困在河中，车上还有十几个人。水流很急，车随时都有被冲走的危险。

王连生马上赶到。

在洪水里，他努力了3次，终于一条绳子一头系在路边的树上，另一头系在车上。

车上的人扯着绳子，从洪水中转移到岸上。

车上的人得救了，大队的油坊开始进水了。水一点点地提升着，逼近了油坊的设备与厂房。王连生赶到油坊，带人把设备与油搬到厂里面地势高一点的地方。

半夜，洪水冲进油坊。

农业站的一位老站长对王连生说："你年轻，对党贡献大，赶快浮水逃出去吧！这里留给我……"

王连生说："水不退，我不会退。"

王连生与人们一直坚守在油坊，直到沙尖子公社动用一条大木船，把他们所有的人从油坊接了出来。洪水消去之后，油坊完好无损，工人清点物品，仅仅损失两袋水泥。

水过去了，多年的治河工程差不多全毁了，人们议论纷纷：

"水是一条龙，弯弯曲曲往下行，人力斗不过它呀！"

"唉，这些年工没少搭，劲没少费，到头来都给龙王爷送礼啦，还干什么劲！"

"趁早搬家吧，剩下几户在这对付着，把山吃光拉倒。"

甚至有人编了一首歌谣：

木牛坝，也白搭，不是冲断腿，就是冲散花。

此时，士气非常重要。

王连生开了一个别致的社员大会，他什么话也没讲，领着大家到下甸子各处去看一看，让群众了解一下大队的全貌，了解一下灾后的情况。社员看到高坡地上的大穗庄稼，灾后村边路口栽种的蔬菜，集体正在为社员修建的新住房，体会到治河工程所起的巨大作用，没有漏河治理，这样大的洪水，可能就没有完整的下甸子。

第二年，王连生带领大家修成80多座木牛坝，1961年的洪水又毁了工程的一半。

实践检验，木牛坝不是长远之计。

王连生寻找新办法。

下甸子从附近工地借来一台推土机推河床。

王连生看见孙德福老汉便问："你看这铁牛怎么样？"

孙德福说："好哇，力量大，比牛强，咱们大队弄了几个？"

王连生说："就这一个，还是借来的。"

孙德福问："这么大的铁家伙怎么还能走？德泰兴修的两个铁牛多少年也纹丝没动。"

王连生忙问："你说的是什么铁牛？"

孙德福说："用铁丝拧成笼子，里面装石头挡水，这叫铁牛。这些天，我就琢磨治理漏河用铁牛准行。"

王连生心里一动，觉得这是治河工程上的新发现。王连生把方案拿到支部会上研究，最后做出两条决定：

第一，试验。

第二，不向国家伸手，自力更生解决费用，一下修不了那么多，可以分几年修。

1962年8月，下甸子试修铁牛坝。

铁笼里装石头，看上去没有任何技术含量，干起来却不是一件简单的事情。拧笼子是一个力气活，也是一个技术活。开始，一人背着铁丝子，走过来，走过去，身上弄得净是锈，编出的笼子方不像方，圆不像圆。

王连生亲手搞试验，头两个坝哪怕坏了，学来本领就行，一点点突破了拧笼关、装坝关和坝位关。

铁牛坝下到河里，显示出强大的抗水能力，远非木牛坝可比。

1962年开始，下甸子用了3年时间，捡光河滩上的石头，从采石场运来石头，修起64座威武的铁牛坝，总长达1180多米，铁丝笼堤对防洪保田起了很大的作用。

有一首歌谣说：

过去水来木牛怕，如今铁牛威力大。

铁牛坝在，洪水退去。

漏河，从此开始宁静。

治理漏河，王连生经历了一个认识不断提升的过程。

1971年去大寨参观后，他总结治理漏河的经验教训，对漏河的治理进行了一次回顾，对自己的工作进行了一次反思。

为什么过去采取很多措施，没治理好漏河呢？

抓的是保田，打的是防御仗，要根治漏河，必须下苦功夫，取直河道，固定河床，向河滩要地，打进攻仗。

水是一条龙，弯弯曲曲往下行。

这本是人们对漏河无奈的一句泄气话，却启发了王连生，漏河弯弯曲曲，咱就截弯取直。

王连生提出一个口号："河靠山，路靠边，土地连成片，低产变高产。"

河水不定性，靠不靠边，看堤坝。把漏河取直，让河水靠山边行走，需要建设漏河两岸的堤坝，把漏河水装进堤坝的信封里，让堤坝的形状成为漏河的形状。

三年，筑起了夹河大坝4000米。坝两边的鹅卵石滩上，采取挖深沟取客土的方法，杨柳埋干66000米。漏河按照人们的意志，规规矩矩地流淌。

1973年，作为桓仁县委副书记的王连生在漏河治理工地待了两个多月。

经常泡在水里，他的胃疼病犯了，吃不下饭。

大家找了一辆车，把他送到县医院。在医院，王连生只住了一天，看见窗外下雨，他挂念工地，与医生打一个招呼，买张票坐公交车又回到下甸子漏河工地。

堤坝一天天长，王连生一天天瘦。

工程竣工，王连生瘦了20多斤。

杨柳埋干

漏河治理,有一个环节,两岸实行杨柳埋干。

有人怀疑,能行吗?

有人编了歌谣,把杨柳埋干解读成"杨柳白干"。

杨柳埋干是把生长两年的杨柳枝干截成1~2米长的小段,在沿河低地或湿润沙地埋干造林。

首先,在河边的砂石地上挖沟,沟的深度王连生有严格的规定,每一个人都要按照标准做,不能投机取巧。沟挖完之后,检查合格才能进行下一个环节。

王连生亲自检查。

窄了加宽,浅了加深。

沟符合标准,才把从远处运来的泥土铺放在沟里,形成一个泥土层,之后摆放杨柳的枝干,踩结实。每一个环节,不能有丝毫马虎。保证流程与质量,杨柳埋干成活率是100%。

参加过当年杨柳埋干的下旬子人,回忆这段往事时,常常惊叹王连生当年杨柳埋干怎么埋怎么活。后来,怎么埋也埋不活。

态度决定一切。

细节决定一切。

激情燃烧的岁月,下旬子人也激情满怀。

1965年杨柳埋干是在冬天,下了大雪,王连生与社员们踏着雪到了漏河边。冷风刺骨，干活的人连手套都没有，在坚硬的冰冻的地面上挖沟，一镐下去只能刨出一个白点。这样艰苦的条件下，年轻姑娘王金梅一天挖出45米深沟，成为下甸子的纪录。一个来自城里的下放干部一天挖出了27米。

整整一个冬天，下甸子杨柳埋干550亩。

之后，在原有的杨柳树趟之间播种紫穗槐，垒砌一道道石坝。铁牛坝、石坝、杨柳埋干、紫穗槐串带4道防线结合在一起，牢牢地锁住了漏河。

原本肆虐的漏河水独自向远处的浑江走去。

孤独地走去。

种子与产量

土地改造了,要提高粮食产量,还有两个核心要素,一个是种子,一个是肥料。

合作化初期,下甸子对种子并没有选择。不选择到最好的种子,就无法得到最好的收成,种子是粮食增加产量关键环节中的关键。王连生意识到这个问题,他打破县界、市界、省界,四处寻访良种,从几斤种子到几粒种子,任何一个机会绝不放过。

他去山东参观,来回半个月,只花了7元钱,省下的钱在山东买了40斤麦种,背回下甸子。

1963年,王连生在省里开会,听说省农业劳动模范辽阳小屯公社徐宝岩有好品种,分蘖高粱,每棵高粱能结七八个穗子。

王连生动心了,马上给辽阳写信,要来2斤种子。

高粱种子种下去,秋天单位面积产量比原来的品种高出一倍。只是种子太少,王连生用2斤种子做积累,一点点繁育,最后下甸子所有的高粱都播种这个高产品种。

下甸子传统的水稻品种是"陆羽",抗灾能力弱,容易倒伏。

1963年,王连生了解到六道河子公社有一个新品种叫"农垦29",他从六河拉回来1500斤稻种。

下甸子人并不认可。

初期,由于稻种没有晒好,出苗之后,苗又小又瘦,与传统的稻种相比差一大截。对新稻种试验持怀疑态度的人,把怀疑变成了失败的结论。

行不行，苗上见。

几场雨后，新稻种后来居上，秋天产量达到每亩375公斤。原来的老品种由于风大，倒了一地，稻粒落在田里，要动员学生去稻田捡稻粒。

种大豆，下甸子使用的品种叫"花脸"，产量低、成熟晚。

王连生引进一个新品种叫"紫白脐"。为了有说服力，在二队，两个品种挨着地块种下去，秋天，"紫白脐"白花花一片，"花脸"不但角少，还没落叶。

王连生一次次试验，一点点引进，在下甸子推广20多个新品种，让大家逐步认识到种子对提高粮食产量的重要作用，在种子上下力气，下功夫。一个人的认识成为大家的共识，一个人的力量推动了一个集体的力量。

王连生重视种子培育。

王平成1975年被王连生派去海南培育种子。当时在海南三亚，桓仁县有11个农业技术员负责培育种子。他们10月份从桓仁出发去海南，4月份从海南回到桓仁。村里派人到海南培育种子，王平成是唯一，下甸子是唯一。

王平成从海南拿回来的种子叫"桓丹2号"。

种子有了，需要推广，下甸子每一个生产队设一个育种员，专门负责生产队种子的抚育与推广，每个生产队都有自己的种子繁育基地。

工作时间长了，县里种子部门要调王平成，王连生没同意，王平成一直在下甸子大队负责种子管理。

王连生重用他，也信任他。

县里下派一个农业技术员，住在下甸子。

一次，王平成在种子繁育方法上与技术员意见不同，"官司"打到了王连生那里。

王连生肯定王平成的意见。

王连生说："做事情，要以实践为主，不能简单照搬书本。"王连生不是一个哲学家，但是长期的阅读让他有了自己的理论构架。不唯书，不唯上。

庄稼是朵花，全靠肥当家。

肥料从何处来？

以前，肥料积累只是单纯依靠集体，1961年，下甸子全大队仅有肥料800万斤。

1964年，王连生调动社员积肥的积极性，肥料增加到1683万斤。其中社员投肥占35%，平均每户投肥12000斤。52名党员和干部，每人的投肥量比社员高25%。

王连生一个人三年累计投肥75000斤，第三生产队队长王芝厚1964年一年投肥40000多斤。

对肥料，下甸子以质论价，按价付给工分参加分配。

每千斤优质肥：一等80分，二等70分，三等60分。

粪肥增加，也为粮食增产提供了保证。

下甸子有了拖拉机

修建葡萄架岭水库的过程中，为了加快施工速度，在汛期之前完成水库大坝合龙，也为了减轻劳动的强度，王连生下决心从县里农机站租了一台拖拉机，负责碾压堤坝。

水库工地，王连生认识了开拖拉机的司机岳师傅。王连生在日记里对他的印象非常不好。

> 私字当头，处处表现自己。张口钱闭口钱，不是全心全意为人民服务。

这天，王连生与司机发生了争执。

水库正在紧张施工，岳师傅却把拖拉机停下来，他要去给老丈母娘过生日。

王连生不同意。

岳师傅坚决要去。

两个人，谁也没能说服谁，彼此之间都很不愉快。

岳师傅还是走了，拖拉机停在水库工地上。没有拖拉机轰鸣的山谷是寂静的。

两个人之间的矛盾，不是两个人的性格冲突，而是理念的碰撞。

王连生习惯全心全意，把工作放在首位，司机习惯享受生活，把自己放在首位。

王连生在日记里记录了与司机的纠纷,他说与司机发生了口角。司机处处为钱,自己一心为集体。他也对自己做了检讨:

> 作为个人来说,态度不够冷静,没有用温暖的态度去教育他,个人感到是不对的。

生气归生气,岳师傅还是走了。与热闹的工地相比,停在工地上的拖拉机是冰冷的,落寞的山风从葡萄架岭的山谷之间吹过。

这次纠纷让王连生下定决心,下甸子要有自己的拖拉机,因为每一个下甸子人,都深切地感受到了在治理山河的过程中拖拉机的力量。

下甸子要买一台拖拉机。

1967年,拖拉机对于下甸子人还是一个奢侈品,全县拖拉机也并不多。1959年4月,国家给桓仁调拨3台英国生产的福克泰35拖拉机,这是拖拉机第一次开进桓仁。

1967年,一台拖拉机的价格是2万多元人民币。

王连生从村里拿出一部分资金,不足部分采取集资的办法,大队社员拿钱凑一部分。王连生的建议得到热烈的响应,社员每户人家根据自己家的情况,拿出30元、50元不等。

刘春茂家里条件好,拿出1000元。1967年,1000元是一个天文数字,比后来万元户的含金量更高。

王连生非常感动。

他对刘春茂说:"拿出这么多的钱,你放心吗?"

刘春茂很淡定,也很朴实,他对王连生说:"大队就是我的家,把钱放在家里，我有什么不放心的。"

拖拉机开进下甸子，开上水库工地。在宁静的下甸子，拖拉机的轰鸣声是雄浑的交响乐。

王连生高兴地写道：

1967年11月6日

今天是水库劳动的一天，结果是堤面14.3米，堤坝高2.5米，人们都有决心，争取很短的时间完成。

用自己的拖拉机来压水库的堤坝，人们感到多么高兴。人们高声歌唱社会主义的优越性，社会主义好。这是毛主席他老人家领导得来的。

农机站的拖拉机不用了，使用了33天，花去了2800元钱。今天不用了，用自己的拖拉机碾压堤坝。

郑玉波是下甸子第二名拖拉机驾驶员，1966年中学毕业之后，他回到了下甸子。下甸子有了拖拉机，要培养自己的拖拉机驾驶员，在县里经过简单的培训，郑玉波开始驾驶拖拉机。在他之前，李承仁是下甸子的第一名拖拉机驾驶员。

郑玉波说："当时，两个人开一台拖拉机，拖拉机二十四小时不停，歇人不歇车。"

修梯田、造地、治理漏河，拖拉机都是主力。郑玉波最晚时干到晚上11时，早晨3时又到了工地。看到拖拉机有使用不完的力量，仿佛一个人也有使用不完的力量。常常是家里的人把饭给他送到工地，他坐在拖拉机上吃一口，继续干活。

除了第一台洛阳生产的东方红拖拉机，下甸子陆续购买了长

春生产的28拖拉机、沈阳生产的60拖拉机。最多时,下甸子有两台链轨式拖拉机、一台东方红、一台28、一台60、一台手扶拖拉机。

拖拉机深深浅浅的辙印,把对新生活的向往书写在大地之上。

下甸子电站

1954年5月，桓仁县委、县政府在雅河口修建一座小型水电站，这是辽宁省第一座农村小电站。

1954年10月1日，电站竣工发电。

桓仁农村此时没有电，乡村的夜晚，摇曳的灯光依旧弥漫着寂静的黑暗。无论是改善百姓的生活，还是发展乡村经济，都迫切需要电力的支撑。

在绵延的崇山与峻岭之中，铺设供电线路是一个宏大的工程。桓仁县城，照明用电也仅仅始于1941年，1946年供电中断。1947年，桓仁县城裕民工厂用柴油机发电，供部分机关使用。1960年才建立桓仁县供电所，使用通化二道江发电厂电源。

对于桓仁农村，小电站有不可替代的价值。

此刻，雅河小电站的灯光照亮了雅河口，也照亮了下甸子。

王连生和下甸子人要建设水电站，并且列入了县里的计划，电站选址在背阴汀。此时，下甸子的人或者说县里的人，没有更多的小水电建设经验，除了去通化参观与学习，雅河小电站是唯一可供参考的范例。

没有制造水轮机的铁片，下甸子人想出了一个办法，使用木头制作转轮。木制转轮结构简单，造价低廉，易于制作。制作一个直径1米的转轮，只需10天，造价一般只需100～200元。与铁制的转轮相比，木制转轮效率比较低，耐久性也较差。但是，在工业基础薄弱的下甸子，小水电站采用简易木制水轮机发电。

电站功率是50千瓦，基本保证了下甸子生活与生产用电，一年能节省电费7000元。

当时附近的村庄，只有下甸子有电灯。

李永祥讲过一个故事。

一次，他去亲戚家串门，晚上回来时迷路了。

夜色沉沉，绵延起伏的山峦之上，他一次次地寻找和攀登。一次次失败与失望之后，他登上一个山头，忽然看见远方的灯光，远处山峦之中，像星星一样闪烁的灯光。

是下甸子。

下甸子，此刻像星星一样明亮。

小煤矿的大作用

山封了，林子不能砍伐，烧柴怎么办？

王连生有办法，开煤矿。

葡萄架岭的山坡上，曾经有一个日伪时期开采的小煤矿，具体什么时候开采的，人们已经记不得了，但是，下甸子产煤这件事情大家都知道。王连生和大队的一班人商量，把煤矿恢复起来。

1964年，原本沉寂很久的煤矿，又有了生机。

煤矿是一个平洞口，开采面离洞口只有300米，开采上的难度小，村里选了10个人，负责煤炭的开采。

最初是用手推车，把煤从矿井深处推出来，堆在洞口的平地上，生产队的马车从洞口把煤送出去。后来，条件好了，安装了轨道车，俗称轱辘马子。

轱辘马子是在铁轨上行走的车。

车轮子装有轴承，靠两个人推着前进，空车上来时也不费体力，重车下行时两个人发力猛推，车靠惯性快速飞奔，推车的人奔跑着跳上轱辘马子随车前进。快到终点时，两人同时用脚发力踩下刹车制动停车，然后把斗翻向一侧，煤炭倾泻而出……

下甸子生产无烟煤，无烟煤的特点是坚硬、致密且具有高光泽，缺点是热量低一点。

李永祥在煤矿工作。

每天早晨，他从家里走一个多小时到煤矿，开始生产，打眼放炮推煤。

不只是煤矿的活，大队有什么事情，需要他们参加，他们也要赶去。李永祥是大队篮球队队员，大队有比赛，写个纸条通知他一下，他马上赶回村里。

煤矿没有电话，干活的人也没有自行车。

煤矿干活的社员，也拿工分，每天是16分，与大队其他的工种相比，分数是最高的，当时，王连生与大队干部是每天12分。

煤矿是股份制。

下甸子大队，每一个家庭出60元钱作为股金。每年煤矿给每一家送一马车的煤，3000斤，收6元钱。

小煤矿，解决下甸子社员生活燃料问题。

5分钱挂号费

1969年9月,下甸子在全县第一个办起合作医疗。

下甸子社员凭证看病,生产队每年给每一名社员交1元钱,大队给每一个人交1元钱,社员每年交2元钱,这些钱作为医疗站的运行经费,下甸子社员看病只需每次花5分钱挂号费。

医疗站有5个医生与护士。下甸子的几个小队居住分散,远的到大队要走一个小时,每一个生产小队配备了一名卫生员,一般性的小毛病,一般性的药品在家门口就解决了,连大队卫生所都不用去。

小病不出屯子,一般毛病不出大队。

合作医疗站刚办时,没有找到适合自己的道路。治病也靠西药,创办3个多月,就把4个月的基金花光了。

王连生组织支部成员和赤脚医生一起,坐下三天,专门研究怎样办合作医疗。

有人提出,医疗站钱花了,说明基金不足。再提个千八百元,大队资金不成问题。

多数人不同意,合作医疗存在的问题是方向不对,不符合自力更生、勤俭办一切事业的方针。为端正大家的认识,王连生给赤脚医生讲述1953年下甸子十几户贫下中农勤俭办社的事迹。过去,靠勤俭办社,今天,要用勤俭办站。医生和护士的认识一致了,思想提高了,大力开展"三土""四制"活动。

大搞"三土""四制",首先要有药材,药材从哪里来?下甸子深山老林是天然大药园。

医生常年坚持采药，也常年坚持种药。他们在10亩地上种植39种中草药。自制丸、散、膏、丹、酊、针剂等药品103种，自采、自种、自制药品，每年为合作医疗提供基金3000多元。

医疗站甚至建有专门制剂室，为了保证疗效，没有副作用，每一个批次药品生产出来，医生自己先打上一针，没有问题了才使用。

合作医疗站创办之前，刘崇秀是大队卫生所的医生，医术好人也好。

一次，姐夫给他来信，告诉他通化市缺中医大夫，已经托人给他联系好了工作。刘崇秀想，通化缺人，下甸子更缺人，下甸子需要我，我就一辈子扎根这里。他回信谢绝了。

80多岁的刘茂春脑动脉硬化症复发了，血压升高，引起剧烈头疼。

刘崇秀知道老人病危，立即赶到刘茂春家里抢救，他和其他医生轮流护理，打针喂药，测量血压。经过一个星期的精心治疗，刘茂春的血压终于下降，头疼也减轻了，能喝水、吃饭、下地走动，精神越来越好。

高永珍一直在大队医疗站工作。

1968年，她从五里甸子中学毕业后被安排到下甸子卫生所，一干就是20多年。除了治疗，采药也是高永珍一项重要的工作。人手不够，医疗站把所有小队的卫生员召集过来，高永珍带着他们一起上山采药。先是在下甸子，后来去附近大队，最后需要走出去很远才能采到医疗站需要的草药。高永珍记得最远到过300多里外的八里甸子和马鹿泡子采药。

医疗站自己种植药材。

八队给医疗站划出一块药材地作为大队人参场，人参起了之后也留给医疗站种植药材。药材的种子，有的从外地采购，有的从当地采摘，也有购买的药材苗子。高永珍曾经一个人坐车去八里甸子的岱龙江，背药材栽子。

王连生出差，也不忘记医疗站，从外地往回背药材种子和药材苗子。

社员也百般呵护医疗站，一个社员拿了两盒中药，吃一盒病好，让孩子把剩下的一盒药送回来。

日子艰辛，但是很快乐。

高永珍有自己的小心思，想读书，从小到大她唯一的愿望是读书。

医疗站二十四小时值班，高永珍住在医疗站。下甸子学校一名代课老师，是大连来的知青，也住在医疗站，两个人成为好朋友。高永珍的念头与想法，在女老师的帮助下慢慢成为火苗。物理与化学，高永珍基础相对差的课程，女老师帮助她补习。

万事俱备。

高永珍去公社报名读大学，公社说，必须在大队报名。高永珍回到大队找王连生。

王连生不同意。

王连生说："你别三心二意了，大队更需要你，社员们更需要你。"

王连生不同意，春风就没有吹过来。

高永珍没能读上大学，失望之后，她继续自己的日子，继续自己乡村的生活。50多年之后，讲述这段经历，她依旧有一丝淡淡的忧伤，一缕苦涩。她说当时哭了好几天，甚至一直期待着梦想敲门。

她结婚时30岁，当时30岁在农村是一个很大很大的年龄。

柳凤花也在医疗站工作。

她1964年到医疗站，并且在这一年入了党，直接成为一名党员，没有预备期。2021年，她党龄58年。2021年7月1日，她获得"光荣在党50年"纪念章。

王连生常常嘱咐她，告诉她要公平对待每一个人，善良对待每一个人。用药上，该用什么药用什么药，不能有远有近，必须一碗水端平。

王连生的话，柳凤花刻在心上。

为了自制医治肝炎的药，医生李平珍要到闹枝沟去采集做利肝素配方用的"狗奶子根"。半道，她发现柳凤花背着刚满周岁的孩子，在路旁等着她。柳凤花知道小李一个人去采药，不顾大家劝阻，决定和她一起去。

柳凤花背着孩子走了20多里路，爬上闹枝沟岭，采了十来斤"狗奶子根"，晚上7点多钟才返回到医疗站。

柳凤花一心扑在医疗站。一位女社员得了重病，不爱吃东西，她把给自己小孩儿吃的鸡蛋、糕干粉、白糖送给她，自己却用淘米水里的淀粉放点糖搅成糊糊喂孩子。

医疗站得到了认同，县里在下甸子医疗站召开了现场会，推广他们的经验。

1975年10月4日，《本溪日报》以《与贫下中农心连心》为题报道下甸子医疗站的事迹。

生产队队长

修梯田，需要石头。

治理河道，需要石头。

河道上的石头，山坡上的石头，捡干净之后，需要开采石头。于是，下甸子建了三个采石场。

六队队长孔宪臣，祖祖辈辈没住上新房，才盖上新瓦房。修梯田的石场却选在他家房后的山崖上，放炮炸石容易破坏房屋。

副书记李春宴找孔宪臣商量。

孔宪臣说："这个地方石好，路近，省工，你们放开胆子炸吧。"

炸药爆炸，石头从山顶上飞起来，雨点一样落下来，落在房顶上的石头把新铺上去的瓦打碎了。

儿子孔庆德不让了，想找大队去，被父亲制止了。

孔庆德认识王连生很早，王连生常与他父亲研究工作，也常到家里。

那年孔庆德12岁，王连生骑着一辆自行车到六队与父亲在家里合计事，车子放在门口没有锁。孔庆德偷偷把车骑出去，他不会骑车，路还不平，把车子摔倒了，车链子也摔掉了，孔庆德又偷偷把车子放回去。

王连生要走了，发现车子掉链子，知道是他骑的，并没有责怪他，只是说："这个淘气包。"

王连生并不经常批评他，孔庆德说，还是怕他，没做什么错事也怕他，王连生的身上像是长了瘆人毛。

孔庆德说，王连生不当书记，在家养病，大队计划生育工作有难度，推进困难，把王连生请去。王连生发话，没有人再说三道四。王连生说话有力度，人也有威信。

不怒自威。

1974年，因为工分评定，孔宪臣在青年点与一个青年起了争执，被打死了。

王连生从此之后，对孔庆德除了关心和照顾，管得更严了。

一次，孔庆德和伙伴一起去宽甸耍钱。

没有车，要从山路走去走回。在机械厂，他遇见了王连生。

王连生绷着脸，十分严厉地对他说："你轻点嘚瑟，还耍上钱了。"

孔庆德吓得从此以后没敢再耍过钱。

创业连 特殊的队伍

专业的事情,一定要专业人来做。

闻道有先后,术业有专攻。

在全面动员大会战的基础上,下甸子成立一支专门队伍,负责治山、治河和下甸子的基本建设。这是一支专业队伍,也是一支攻坚的队伍,有一个非常好听的名字,创业连。

创业艰难。

1974年,长春电影制片厂拍摄一部电影《创业》,再现中国石油工业创业时期的艰难,反映艰难多舛又轰轰烈烈的创业史。

下甸子创业连是要撰写一个村庄的创业史。

人员是从每一个生产队抽调来的,每一个队根据生产队的人数调人,3~5人不等,条件一是年轻,身体好,二是懂技术,铁匠、木匠、瓦匠。运输工具是从生产队调上来的马车。

河道治理,他们负责开山取石头,把开采下来的石头送到工地。没有机械设备,人工在岩石上打眼放炮。

支部委员王兴俊是创业连连长,开山炸石头,他的头被飞溅的石头击中,脑震荡,伤没有好就又回去上工。

孙继海从桓仁铅矿下乡到下甸子,在创业连负责记工分。创业连的统计方式叫成,每一个人劳动一天记10成,上午5成,下午5成,有人耽误劳动时间或者请假了,要扣减成数。具体每一个人的成数所对应的分数不同。月底，大家坐在一起评分，57个人分出三个等级，一等10成是16分，二等10成是14分，三等10成是12分。

下甸子在这个时期，集体积累不断壮大，劳动报酬也不断提高。1972年10月份，孙继海当兵走了，年底结算，扣除所有费用，他还挣了240元，他用这笔钱买了一块手表。

在延吉，孙继海待了24年。1996年，他调回沈阳武警医院当院长。孙继海人虽然离开下甸子，王连生的精神，下甸子人的精神，已经融入他的血脉。他对下甸子这片土地，有眷恋也有感激，对每一个从桓仁县来看病的病人，他都像对待亲人一样。

百姓无小事

王连生心中有工作,心中有百姓。

下甸子的大事与百姓的小事,他都记在日记里,记在心上。

1973年9月27日

下甸子三田要实现:平地园田,坡地梯田,沟要实现台田。

关于田园建设的基本原则:

一、台田归各队自己建设。

二、三田(梯田、园田、条田)由大队统一组织,全大队劳力集中治理。

三、关于队与队之间用工多少,待三年后(1973年至1975年),互相找差,找齐。大队注意及早掌握队与队之间平衡,大队根据收入情况,给予适当补助。

1973年10月16日

三队情况:

有3户要搬家的。

有部分家庭妇女捡粮,个别人拿粮。

当前对粮食,看来是非常重要的,人人都要重视粮食。

对饲料粮怎么分的问题。

七队情况：总的情况形势很好，放牲畜很多。

刘永禄割条子四五百斤，条子不缴。

八队情况：孙洪庆，女儿一担苞米拿下一趟。

各家都买猪，想分饲料粮。

五队情况：知识青年问题，反映很大。

六队情况：丢了一麻袋苞米。

二队情况：徐门福打豆子是怎么回事。

四队情况：3户要搬家，刘、范、柏。

看上去零零碎碎，都是百姓的事。

王连生从来就是这样，集体的事、别人的事都是大事，家里的

事在他心中从来没有位置。

王连生对下甸子每一个人，都做到心中有数。二队有一个人，外号叫"万大懒"，在生产队负责饲养牛。

懒是大家给他起的绰号，这个人却真懒得奇怪。

在家里，他什么活也不干，油瓶倒了也不扶，对集体的事情，却非常上心，牛养得好，无论多大的雨，多大的风，牛没吃饱，他不会把牛赶回来。二队的牛在整个下甸子最出彩，个个膘肥体壮。

王连生过年自己拿钱买酒去看他，当了县委书记也保持着这个习惯。

自从担任大队党支部书记，每年春节王连生总是去走访。全村生活困难的群众，每一家每一户都挂在他心上。

群众无小事。

1962年1月15日，王连生的日记是关于走访的记载。

关于春节走访的问题

一队：宋连科、王永利、吕永彦等8名。

二队：孟兆才、刘克刚、姜顺成等11名。

四队：杨立权、王功成、王殿德等8名。

八队：王子厚、韩正阁、宋国焕等9名。

从日记里记载的内容上看，这一年的春节，王连生要走访100多人。

下甸子大队几个生产队散落在山谷之间，从一个队到另外一个队，远的有十几里地。

初一早晨，天还没有亮，王连生就去走访。

陈双玉记得，他4岁那年，王连生去家里走访，看看家里有没有吃的，生活上还有什么困难。

冬天，天亮得晚一些，家里人也起得晚一些。

陈双玉母亲起床洗过脸，开门倒洗脸水。她推开门，王连生恰好推门走进来，一盆水都浇在王连生身上、脸上。

当了县委书记，王连生还是和从前一样，保持着春节走访的习惯。

1975年除夕之夜，下甸子六队的宋树发吃过年饭，坐在炕头上想起王连生。往年，王连生冰天雪地里从这条沟到那条沟看望贫困的家庭，今年王连生当了县委书记，事多了，怕是不能来了。

正念叨着，王连生风尘仆仆地走进来。

老人拉住王连生的手，一句话也说不出来。

对于每一个对集体、对下甸子有过贡献的人，王连生和下甸子都给予了应有的尊重与荣誉。

一心抓好教育

漏河边，地标建筑是下甸子小学。

校址是下甸子的最佳地段，向阳靠山，交通方便，占地200多亩。校舍是当时最好的建筑，砖瓦结构，玻璃门窗。

王连生自己读书不多，却非常重视教育，克服困难办学。

用在学校的钱，花在孩子身上的钱，王连生一分也不省。有限的财力，王连生都用在教育与治理山水上，有钱花在刀刃上。

20世纪60年代，国家财政紧张，只保公办教师工资和极少量的教学办公经费，校舍、桌椅、教学设施用具、民办教师工资等经费均由村集体和农民自筹。

那时大学生少，正规师范专业毕业的公办教师很少，下甸子小学的教学主要靠民办教师支撑。

民办教师是一个专有名词。

《教育大辞典》这样为之定义：民办教师是指"中国中小学中不列入国家教员编制的教学人员"。

从沙尖子中学毕业回到下甸子的拔尖毕业生，都有到下甸子小学当民办教师的经历。1977年，王连生的女儿王德贞从丹东共产主义劳动大学毕业，在下甸子小学当民办教师。

本溪市教育局原局长汪显仁，在下甸子大队做文书，同时在学校教学。沙尖子中学容纳不了九年级的学生，下甸子学校开设了一个九年级班，学生都是下甸子的孩子。汪显仁教数学，王德贞教语文，直到汪显仁考上本溪师范专科学校，这个班才重新合并到沙尖子中学。

简朴的教室里，下甸子的孩子在读书声中开始走进人生另一个天地。尽管许多孩子只在下甸子度过最初的学习时光，但漏河边小学的灯光却永远留在了孩子们的记忆中。

下甸子篮球队

下甸子有一支篮球队。

起初,王连生反对打篮球。

一次,会计文德义中午打球累了,躲进一间屋子里睡着了。王连生看见了,没有责怪他,但是问了他一句,中午不休息一会儿,累得满头大汗图什么。

文德义就不打球了。

文德义是朝鲜族人,1957年宽甸县朝鲜族中学毕业,1958年到沈阳体校学习。1959年,本溪市二轻局招工,他被分配在本溪水泵厂工作。

母亲不放心,让他必须回家。

文德义只能回到下甸子,在大队担任会计,从1961年到1978年,他干了17年,1978年从大队到了信用社。

文德义体育好,篮球打得好。

下甸子没有几个人会打球、爱打球,也没有一个标准的篮球场,文德义和学校的几个老师土法上马,在学校操场绑了一个简易的铁圈当篮筐。

远学大寨,近学下甸子。到下甸子参观的人越来越多了,最大的一个参观团有180人。人多了,没有接待的地方,人没有地方休息,王连生想到一个点子。

王连生找到文德义,让他组织一支篮球队,中午与来下甸子参观的单位打篮球比赛。

文德义打篮球，这个时候在下甸子"合法"了。

下甸子篮球队员分散在各个生产队与工厂，每次比赛需要挨个人通知。平时，每一个人都有自己的工作，没有更多的训练时间。

王连生对篮球队的经费，控制得非常严格。

文德义说："公社比赛，7个队员，王连生只给做了7个短裤，没有统一的背心，队员只能穿着自己的背心上场。每个人的背心，款式不同，色彩不同，看上去五花八门。"

中午，也不管饭。队员们比赛完，回到下甸子吃饭，再返回沙尖子比赛，即便是这样，下甸子篮球队还是得了沙尖子公社的冠军。

王连生看球队得了冠军，第二年，才给每个人买了一件背心。

严格是爱

王连生爱护干部。

这份爱,来自一份疼痛。

下甸子有一个贫农叫单吉春。

单吉春是从外地逃荒来到下甸子的,家里一贫如洗。土改时,他和王连生一起打土豪、斗地主、分田地,同一天宣誓入党,当上了农会会长。当干部时间长了,地位变了,他的心思也变了。下甸子遭灾,他竟然买了贫农刚刚从地主那里分来的土地,雇人耕种,家里拴上了马车,放了高利贷。很短时间,他就从一个先进分子蜕化变质,被开除了党籍。

这件事,王连生一直记在心上。

这个人,王连生也一直记在心上。

身边的人,身边的事情,更加有说服力、震撼力。王连生时刻用这件事警示自己,也时刻用这个人来教育干部。

文德义在大队当会计,除了会计的工作,还和文书一起种地,大队自己有3亩地供应大队食堂的蔬菜。

大队的仓库里,存放着许多东西,仅花生就有5000多斤。文德义与文书李玉福都有仓库的钥匙,但是两个人整整一个冬天,一粒花生都没有动过。

王连生知道这一点。

文德义曾经不解。

后来，他才知道，王连生一直从大队喂猪的饲养员口中，了解他和文书的情况。

王连生知道，针尖大的窟窿能漏过斗大的风。

文德义也感受到了来自王连生的爱与关怀，17年的会计，他能做得干干净净，是榜样的力量，也是制度的力量。

文德义家里的条件并不好。

有一年，因为家里盖房子，年终结算，欠了队里5分钱，挂在往来账上。

后来，队里奖励了他一工分。一工分7分钱，还清队里的5分钱欠款，结余了2分钱。

即便这样，当了17年的会计，他没有动过大队的一分钱。

下甸子时间

电视台报时使用北京时间,为了调整人与自然的关系,我国曾经采用过夏令时制。

60多年前,在下甸子,王连生与大队班子使用标准的下甸子时间。

下甸子时间的核心就是跟着劳动走,跟着季节走。王连生上班的时间就是社员上工的时间。

春天,社员3点起来,大队干部也要3点起来。

大队广播站,每天也在这个时候准时开始广播。这一点,作为大队广播员的米学敏深有感触。1966年,本溪市话剧团的演员米学敏全家下放到下甸子大队劳动。

王连生对米学敏非常照顾,安排她在大队广播站当广播员。大队广播员应该是一个相对轻松的工作,实际上并不这样。按照下甸子时间,她每天都要早早起床。

隆冬的凌晨,米学敏起床了,看着蜷曲着熟睡的女儿,她急匆匆地往广播站赶。结束播音,邻居大妈跑来喊她,米学敏跑回家中一看,3岁的女儿光着小腿,浑身冰凉发紫,可怜兮兮地站在厨房门前的小板凳上,声音颤抖地叫喊着妈妈。

之后,米学敏时常带着女儿去广播站。

一次,时间有点晚,米学敏背着女儿往广播站一路小跑,谁想一不小心,娘儿俩都摔倒了。女儿的头在流血,米学敏用手捂着女儿头上的伤口，用嘴唇吸吮着女儿头上的鲜血。女儿的头上，至今还有一道伤疤痕迹。

闫文英是下甸子广播站的广播员。

开始，广播员是米学敏，闫文英跟着学习。米学敏回城后，闫文英一个人支撑了一大摊子。

每天，她要广播3次。

早晨，5点到7点。

中午，11点到1点。

晚上，6点到8点。

风吹不动，雷打不动。

下甸子有两套广播设备，一套在下甸子广播站，一套机动使用，作为工地的战地广播。闫文英每天都要穿行在两个广播站之间。这期间，闫文英有两次机会，一次是去县文化馆当解说员，一次是去县剧团当演员，王连生和大队研究，都没有同意。

闫文英一直留在下甸子，从1970年到2010年，整整40年。

大队干部使用下甸子时间。他们居住在不同生产队，离大队距离不一样，远的需要走一个小时。为保证工作时间，干部吃住在大队，一铺火炕上睡了5个人。

晚上，吃过晚饭，大队干部下到各个生产队开会，了解情况，文德义留在大队。一个人，有时寂寞，有时孤独。但是，他没有任何怨言。他一个人守在宁静的大队院里，无论多困，也一定等王连生他们回来。

星期天，不休息。

春节，他们与县里一样，休息五天。

1961年到1978年,当了17年下甸子大队会计,也使用了17年下甸子时间。

王连生到县里工作,王平富继续按下甸子时间安排工作与生活。春天,社员3点半起床做饭,他3点起来打开广播。

寂静的黎明,繁星点点的夜空,每天都有一个熟悉的声音把下甸子唤醒。

文化是灵魂

贺家富吹得一手好唢呐。

在下甸子村，甚至在沙尖子镇，贺家富的唢呐都有名气。许多重要的场合，他的唢呐声一飘，现场气氛就起来了。

小时候，贺家富就喜欢吹唢呐。

上山打柴，他常常忘了干活，坐在雪地上，听从山脚下飘过来的丝丝缕缕的唢呐声，那声音牵着他的魂。

喜欢只是喜欢。

唢呐吹奏，他是半路出家，大器晚成，30岁才有机会学习。因为喜欢，他加倍努力，成为下甸子的文化名人。下甸子的文化氛围浓厚，尽管王连生没有读过几天书，但在贺家富的心中，王连生是一个有文化的人。

下甸子有一个文化室，40多平方米的房间，摆放着书籍与报纸，文化室还有配套的学习制度。

下甸子，每周有3个晚上的学习时间，所有年轻人必须参加。3个晚上的学习内容也是丰富的，一个晚上学政治，一个晚上学军事，一个晚上学唱歌。劳动间歇时，王连生喜欢安排年轻人念报纸，年轻人念，他闭着眼睛听，哪个字念错了，王连生马上指出来。

有学习，也有活动。

下甸子大队每年都举办运动会。贺家富参加过多个运动项目，拿过100米、200米短跑的冠军。他是篮球裁判，下甸子篮球比赛有

独特规则，只有犯规，没有罚下。无论是哪个生产队的篮球队，罚下一个队员，一场球就打不成了。

刘国春从部队来到下甸子"三支两军"，认识了王连生。三支两军指"文化大革命"期间，军队支左（支持当时被称为左派群众的人们）、支工（支援工业）、支农（支援农业）、军管（对一些地区、部门和单位实行军事管制）、军训（对学生进行军事训练）。

1973年复员，王连生让他到下甸子落户，并给他介绍了对象。

刘国春有摄影特长，负责新闻宣传。市里摄影方面的专家都曾经到过下甸子，刘国春也跟他们学习提高。在《本溪日报》上，他曾经发表过反映下甸子建设与发展的图片新闻。在下甸子，他也曾经举办过反映建设成就的图片展。

远见与卓识

洪水过后,下甸子在山脚下盖了16间房子,16间房子排在一起,人们起了一个形象的名字,叫一条龙。

房子后来换上瓦,名字也被改成瓦房。

治山、治水,王连生也在安排治窝。

大寨经验是先治坡,后治窝,简单几个字,却蕴含一个哲学道理,抓主要矛盾。只有解决坡的问题,解决生存问题,才有时间与精力提升百姓的生活质量。

治山治水取得成功,王连生也要治窝,让每一户下甸子人都能住上大瓦房。王连生把这项工作叫作社员住宅建设,列出了详细的计划。

1966年开始,1970年建设完成。

1966年,完成66户,主要解决老贫农的住房困难。标准是:砖墙、红瓦、玻璃窗、白灰墙。

每户3间房,总计198间房屋。

按照工程量,1966年,王连生安排砖厂提供8万块砖,瓦厂提供6万块瓦。

文德义说:"王连生有远见。"

60多年前,规划下甸子村,他就考虑到未来社会的发展与进步,把道路设计得很宽。

村里人不解。

王连生说:"以后,车多了,路太窄了不行。"

60多年前,下甸子只有自行车、马车,只有山谷与从山谷吹过去的风。偶尔从村路上驶过的一辆汽车,无论新与旧,都会激起人们的惊喜,引得孩子跟在车后面追逐。车,此刻对于下甸子人只是一个名词,一个像星星一样遥远的名词。

于是,下甸子村在漏河治理之后的河滩上建成。60多年后,下甸子依旧保持着当年的格局。

河是河,路是路。

都是60多年前的样子。

都是小时候的样子。

村里也能生产洗衣机

工业是下甸子的钢结构。没有工业的支撑,沉浸在农耕的温馨之中,乡村走不远,也走不动。

起初,下甸子只有铁匠炉。

铁匠炉是工业文明溅落在下甸子的一个火星,小小的一直没有熄灭,燎原成一个厂,单调的机器轰鸣是农耕时代的一个逗号。

王力加曾经担任下甸子机械厂厂长。

工厂设有锻造、翻砂、修理、安装、电气车间,购置机床与刨床等相关设备,有60多个工人,名声在外,实力不容小觑。让下甸子机械厂人自豪的是,县里的车坏了,常常到下甸子机械厂来修理。

实力在人才。

有一些下放干部从省里、市里、县里,还有不远的铅矿到了沙尖子。

下放干部是一个历史名词。

1957年2月27日召开的最高国务会议上,毛泽东在《关于正确处理人民内部矛盾的问题》的报告中强调,要精简机构、下放干部,从而"使相当大的一批干部回到生产中去"。

之后,1957年反右派斗争中,有55万多人被定性为右派。中央要求，将右派分子下放农村，"使他们在社员和下放的干部的监督下进行体力劳动……以便加强对他们的教育和改造"。

与一般下放干部不同，下放到沙尖子的人都有这样或者那样的历史痕迹，没有光环，只是阴影。

没有单位愿意接纳他们，各个大队与各个部门寻找理由拒绝接收。

王连生与别人想法不一样，知识就是力量这个道理，他深刻领悟。一次次外出参观与学习，打开的不仅是他的眼界，还有他的心胸。尽管他还没有把这种感受提炼升华到哲学的境界，但是，他明白一个道理，下甸子发展需要人才。读书的人与不读书的人就是不一样。

海纳百川。

下甸子要容纳每一滴水，每一朵浪花。

王连生主动把这些人接到下甸子。王连生和所有的下甸子人把他们当作邻居，当作工友。他们洗去了原本的色彩，每一个人都走到了适合的岗位上。

机械厂幸运地来了三位工匠。

一个叫吴化民，汽车修理八级工，从本钢下放到下甸子。他的绝活是把螺丝刀放在汽车发动机上，仅仅感受发动机的震动就能知道汽车出了什么毛病，并且手到病除。

赵庆华，八级电工，从桓仁铜锌矿下放到下甸子。

郑作盛，八级工，从市里下放到下甸子。

什么是八级工？

新中国成立后，劳动部门着手建立新型的工资分配制度的同时，注重建立与工资分配制度相适应的考工制度。1956年6月，全国按产业、按部门逐步建立起涉及上万工种的技术等级标准，并开始全面推行考工定级和考工晋级制度。当时规定技术等级的数目（通常八级，或在八级之内），确定了各等级的技术要求。在这个基础上，工人技术等级和工资等级实行全国统一的八级工制。

1950年，东北三省最早使用"八级工资制"，1956年推广到全国。对于一个工厂，"八级工"是镇厂之宝，他们精湛的技艺，可以保障工厂的产品高质量。

三个臭皮匠赛过一个诸葛亮，何况下甸子机械厂有三个八级工匠，他们唱了一出大戏，生产出桓仁县第一台洗衣机。

起因是桓仁县政府招待所所长初义，找到下甸子机械厂，询问能不能为招待所生产一台洗衣机。

对于下甸子人，洗衣机遥远而陌生，三位工匠却信心满满地承接了这个任务。

对于机械厂，洗衣机也是一张白纸。但是，在三位工匠的笔下，洗衣机在纸上站了起来；在三位工匠的手下，洗衣机在地上站了起来。

桓仁县的第一台滚筒洗衣机，在下甸子生产出来。洗衣机长2米、高1.5米、宽1.5米，使用正反转的技术，正转10秒，停5秒，反转10秒，一次能够洗衣200斤。

除此之外，下甸子机械厂先后生产许多产品，农村磨粮食的电动钢磨、木匠使用的电动刨子、轴承退磁机。还为下甸子卫生所定制生产了制造中药片剂的专门机器。

孔庆德1975年到机械厂工作。

到了厂里，王连生就给他分配任务，安排三个年轻人，一个人跟一个八级工当学徒。王连生还下了一个死命令，三年时间必须把师傅的所有本领学会。

作为年轻人，孔庆德并不能领会王连生这种安排的深层意义，只是按照书记的命令执行。若干年后，当三个八级工陆续回城离开下甸子，机械厂并没有因为他们的离去而倒下。孔庆德明白了，他们三个徒弟已经成为支撑机械厂的钢结构。

王连生以远虑解决了机械厂的远忧。

王连生尽管在机械厂当工人，但没有工资，采用工分计酬，每天为工人记14个工分。

山楂树与产业

山楂树是美丽的。绵延的山坡上，无论是花的白还是果的红，都是下甸子的一道风景，都是人间的一道风景。

在下甸子，山楂树蓬勃生长。1985年，大队有山楂树5万多棵，结果的1.2万棵，幼树4万棵。生长在山坡与石滩之间的绿色生命，给下甸子带来了产业发展的机会。下甸子山楂产业的发展，可谓得来全不费工夫。原本是为了封山栽种树木，在王连生长远利益与近期利益的调整之下，种植在山脚下的果树生长起来，每一个生产队都有一个果园。

起初山楂的产量少，下甸子只是把收获的山楂送到市场卖。产量大了，市场渐渐容纳不了，消化不了。王连生借鉴外地经验，在深加工上下功夫，建立下甸子罐头厂。

罐头厂建在漏河边。下甸子用12万斤山楂，生产出山楂罐头、山楂酒、山楂条、山楂饮料等十几个品种，产品因为质量好而畅销，最远都卖到黑龙江漠河。

罐头厂不但解决了山楂的出路，还给下甸子带来60多个工作岗位。不但下甸子的人不用出去找活干，忙的时候，外村的人常常到下甸子打工。

王连生牵挂着罐头厂，每一次从县里回到下甸子，他都要去厂里看看。与罐头厂相关的资料，王连生也细心收集。王连生日记里夹着一个从报纸上剪下来的资料。

1985年1月15日的《农民日报》，在三版刊发了一个消息，凤城县普河乡平安村的妇女代春英，自己办了一个罐头厂，投资15万元，年生产罐头30万瓶。

他一直在摸索，在学习，凡是能够学习与借鉴的经验，王连生都拿来，在下甸子应用。

智者借力而行。

一组一品

查宝臣在沙尖子公社负责多种经营。

1982年，王连生在家病休。

在沙尖子公社和下甸子大队多种经营的发展思路上，王连生都出过点子。

这时，下甸子六队、八队开始在平地上种植人参。这一点，王连生是超前的，下甸子也是走在前面的。封山育林，山坡上的树木不能砍伐，种植在山坡上的人参从下甸子的山野之间悄然退去。山地没有了，人参还要种，王连生与下甸子人尝试在种植玉米、大豆的庄稼地上种植人参。

这是一次全新的探索与突破。

有史以来，人参一直栽种在山坡上。平地上栽种人参，有很多需要打破的瓶颈，农田地含病菌多、含有机质少、土壤透气性差、平地排水不如山地。连雨时，土壤湿度大，空气含量少。

在完全没有经验可借鉴的情况下，王连生和下甸子探索出了平地人参种植的办法。宏观的思路上，王连生融入自己的思想，具体困难的化解上，王连生也奉献了智慧。

当时，只要有困难，查宝臣就去找王连生。

县里组织天麻种植，各个乡镇自己负责购买天麻种子。任务需要完成，沙尖子经费困难，没有钱。

王连生找到县里负责天麻项目的局长，给沙尖子拿回来500斤种子。

1984年，沙尖子开始大面积人参种植，可是没有人参籽，买也买不到。

集安县产人参籽，但集安县当时严格控制，不准人参籽出县。集安县里与乡镇都设有关卡，只有凭借集安县政府开具的通行证才能通行，而通行证只有集安县分管人参产业的副县长一个人审批，只有副县长签字，才能在集安县买到人参籽，才能运回桓仁。

查宝臣和同事想了许多办法，事情也没有办成。最后，他有了点子，找到集安县的分管副县长说："是王连生安排到集安县买人参籽的。"

听说是王连生安排的事情，副县长二话没说，一次就批了1500公斤人参籽。

当时，无论是桓仁县周边的集安县还是新宾县，只要提起王连生的名字，大家都从内心佩服。

21世纪，中国在乡镇经济发展上有一个口号，实现一个目标，"一村一品"。这个目标，1984年在下甸子已经实现，一个生产队一品。

一队：化工厂。

二队：酒厂、纸箱厂。

三队：陶瓷厂。

四队：机械厂。

五队：砖瓦厂。

六队：平地栽参。

七队：煤矿。

八队：砖厂。

九队：大棚蔬菜。

有的生产队，甚至发展多个产业。

这些产业与发展的思路，比后来提出的"一村一品"明显早几十年。

以心印心

老省长的回忆

曾经担任辽宁省副省长的王纪元，1969年下放到下甸子八队参加劳动。在下甸子生活3年，他与王连生相识与相知。离休之后，他出版了一本回忆录，对下甸子有深情的回顾，对王连生与下甸子有温馨的回忆。

之一

1970年腊月二十三过小年的头一天，是我和贫下中农一起拉爬犁垫地的第十天。身体很疲劳，腿脚也不太好使。我想，今天休息一下吧，50多岁的人了，社员也不会说什么。这个思想一露头，立刻意识到，在打农业翻身仗的斗争中，我不能休息，我要坚持战斗，我又拉起了爬犁。上午最后一趟拉泥时，在河套的冰坎上，被后边的爬犁撞倒。当我被人扶起后，看见左胳膊下边一个凹坑，上边起个鼓包，手也抬不起来。我意识到左手骨折了，怎么办？这只手会不会残废？我想起和我一起在战斗中牺牲的同学和战友，无数革命先烈为革命流尽最后一滴血。广大贫下中农在农村三大革命斗争中流血流汗，我只是折断了一根骨头，相比之下，实在算不了什么，就是这只手残废了，不能参加集体劳动，我还可以用嘴，用笔继续工作。

之二

腊月二十五，桓仁县革委会报道组的同志到下甸子大队来采访，我向他们详细介绍了贫下中农在打农业翻身仗中的英雄事迹，要求他们报道。他们走后，我的心情久久不能平静，思想起了斗争，我自己生活在斗争之中，为什么要让别人写而自己不写呢？写文章是艰苦的思想劳动。那时，左手肿得很厉害，但是贫下中农的英雄形象老在我脑子里翻腾，写不写这些英雄人物，思想上斗来斗去，最后下定决心写。从腊月二十六开始，写了改改了写，有时手肿得写不下去，就停下来休息一会儿。英雄的革命精神鼓舞着我，我坚持写了下去，经过断断续续的10天时间，写成了一篇《贫下中农一心向着红太阳》的文章。虽然自己水平低，没有写出贫下中农的高尚思想和革命精神，但是歌颂英雄的人民，歌颂他们的先进思想，是共产党员的崇高职责，是我在改造世界观。

之三

小队有人反映社员养毛驴问题。43户的生产队，有十几户养了毛驴。农活紧张时养驴户要上山割草，集体的饲草也要分给他们一部分，毛驴有时还糟蹋队里的庄稼。为什么社员要养驴呢？社员说，一是推磨，二是攒粪。我想，队上有电磨，何必用驴呢？不用驴不是可以把妇女劳动力解放出来参加集体劳动吗？一头驴每年只不过产粪3000斤，价值不大，用工不少。我就向小队班子建议，把电磨加工费从每斤7厘降到2厘，使社员愿意用电磨加工，逐步淘汰毛驴。班子成员有人不赞成，我做了说服工作，做出了降低电磨加工费的决定。一年之后，除了一户社员的毛驴老死之外，养驴户不但没减少，反而增加了几头小驴，什么原因呢？

一天早晨4点，我看到一个社员用毛驴车从沟里往外拉泥垫圈，这时我才想到在电力不足的情况下，离饲养点远的人家用毛驴推磨是代替不了的。毛驴还能拉碌子、套车，和马、牛、骡一样不可缺少。这时才明白，我没有全面系统调查，没有理解班子成员的正确意见，自以为是，乱出点子，犯了主观主义的错误，还是"左"的思想作怪，我在班子会和社员大会上做检讨。

王连生同志知道后对我说："你还是对农村情况了解不够。"

记者眼中的王连生

崔中文退休前是《辽宁日报》副社长、副总编辑。

1974年春,《辽宁日报》编辑部派他和另外一位同志去桓仁县采访不挣工资挣工分的县委书记王连生。

采访前,崔中文已做足了准备。

1965年6月,《辽宁日报》头版曾经登载《下甸子再造山河》的长篇经验文章和王连生的照片,对王连生的所有事迹,崔中文有一定了解。

真正进入采访,他还是被王连生不谋任何私利勤勤恳恳的公仆精神深深打动。因为是全省树立的县委书记典型,采访持续时间很长,其间往返桓仁县数次。整个采访过程中,王连生未招待他吃过一顿饭,未派车接送过他一次。

桓仁交通很不便捷。

从沈阳去桓仁县,要先乘火车到新宾县的南杂木镇,然后去公交车站买票,在车上站两个小时到桓仁县。如果买不到当天的车票,还要在南杂木住一宿,麻烦又辛苦。

崔中文向王连生提出抗议,县里为什么不去车接一下。

王连生解释说,县财政困难,能省就省点。你们采访我,我派车接送你们,会有以权谋私之嫌。

崔中文虽然有一些无奈,但是打心眼儿里佩服他,有人是把人民公仆挂在嘴上,王连生是落实在行动上了。

文章在《辽宁日报》发表之后，崔中文与王连生也成为朋友，彼此之间，一直牵挂。王连生住院，崔中文专门去桓仁看望他。

王连生孩子珍藏着崔中文当年写下的两封信，一封是写给王连生的，一封是王连生去世之后写给王连生女儿王德贞的。

王书记：

桓仁匆匆一别，至今犹觉遗憾。

不是我的责任心强，实属"手插磨眼，挨也得挨，不挨也得挨"。

照片洗了几张，因用闪光灯，效果不大好。

王泽兴已去桓仁探家。估计本月二十九日可到县里看你。他对你很关心。详细询问了你的情况。

望你安心养病，早日康复。

祝好

崔中文 五月十二日（1986年）

给王德贞的回信：

德贞：

收到你的来信，心里很不好受。

你父亲病故的消息我是四天后才知道的。当时我们报社一位老同志去桓仁，我嘱咐他一定要去医院看看你父亲。可惜他回来告诉我，等他到桓仁时，你父亲已经去世了。

你父亲的形象在我们新闻界的许多同志的心中是永存

的。当我把这一噩耗通知编辑部里的几位同志时,大家的心情都十分悲痛。

桓仁县政府没能及时通知我们,可能有他们的考虑,我们不怪。但无论如何,我们没能派出一个代表去送送他,这是我们的终生遗憾!

不是我如何正直,是你父亲光明磊落的一生,赢得了世人的尊重与信任。有的人把名字刻在石头上,而你父亲却是用自己一生的言行把自己的名字刻在了桓仁县人民,包括我们这些人的心里。

我四月十四日去桓仁处理一件急事。行色匆匆。晚上九点多才处理完那件棘手的事。当我和宣传部的刘镜泉到你父亲的病房时,已是十点多了。

我们已经整整十年未见面了,当时他已认不出我来。正是十年风雨,生死隔绝。我想照张相,绝不是有什么预感,只是我心里的一个长久想法。相反当时我看他的精神状态,绝对没有想到他会只剩一个月的人生途程。

我会长久地记住你们,作为我对你父亲思念的一种寄托。我如去桓仁一定去看你及你的母亲,也希望你们到沈时来辽报一顾。如有什么事需要我办,我一定尽力而为。

你们的母亲这些年来倍受风波之苦,望你们竭尽儿女之情,勿使其晚景凄凉。

照片又重新洗放了几张,因是用闪光灯拍的,效果不太好。

一直没有给你们写信,是怕引起你们的悲伤。今日终于说了,心里能好受些。

就此

崔中文

六月十八日于辽报(1986年)

人间真情,跃然纸上。

从朝鲜回来的孩子

张喜年家在五里甸子。

他出生在朝鲜,坐着志愿军的汽车从朝鲜回到了桓仁。

小时候,他听过下甸子这个名字,听过王连生这个名字。报纸上、电台里,他一次次走进一个故事。

故事感人。

星期天,他一个人,没有给家里打招呼,坐车去了下甸子,他要看看故事中的王连生,看看传说中的神奇。

此时,王连生只是一个故事。

1970年,张喜年在团县委工作,去下甸子蹲点才认识了王连生。王连生工作的系统性,山水田林路综合治理的智慧,都让他折服。

那是生活磨砺之后的智慧。

张喜年觉得王连生有文化,有智慧。一个人的知识与眼界,胸怀与格局,许多时候与学历没有关系。毕业证,更多只是一个时间的证明,证明我们在一个叫学校的地方待了几年。王连生在学校只是2年,他的学习从没有停止,他的视野与格局提升在社会这所大学校中,形成在实践中。实践是磨刀石,让王连生的生命锋利。

梅花香自苦寒来。

自觉与不自觉之间,工作方法与思路上,张喜年把王连生作为仰望的方向,学习的目标。

1974年，在县委常委会会议上，王连生提议张喜年担任二户来公社党委书记。

二户来是一个大镇，是桓仁西部一个重镇，是地区农副产品集散地。

清宣统《怀仁县志》记载：二户来在"城西六十里"。

相传因清初有车、毛两户先来此地而得名。

彼时的二户来以乱出名。

社会治安软弱无力，几个小流氓各立山头，称霸一方。张喜年从社会治理入手，打掉了"一龙""二虎""三只鹰"，拔掉毒瘤，把晴朗还给天空，把平安还给百姓。

工作细节上，张喜年努力向王连生学习、看齐。

大年三十，张喜年下午4点开始走访。二户来的20多个小队，他一个不漏，挨个走挨个看，看看有没有吃不上穿不上的家庭。每一个小队养牲畜，都有草垛，他嘱咐干部注意防火。一一走一遍，看一遍，心里有底了，放心了，他才回家过年。

每次走完都是半夜，鞭炮声已经在山谷之间噼里啪啦响起来。

张喜年当了11年二户来党委书记，走访了11个春节。

这些都是王连生的工作习惯。

之后，他回到县里，从县监察局局长的岗位被直接提拔为县委副书记。

从本溪市教育局党委书记、局长的位置退休之后，张喜年特意回了一次下甸子，他要给老书记王连生，给兄长王连生上一次坟。

山路崎岖，在松林之内的王连生坟前，张喜年动情地讲述了自己工作的一切。他告诉王连生，自己没有辜负老书记的信任。

信任重如山。

岁月流逝，不管日子如何改变，在张喜年的心中，王连生的位置始终都没有变。

王连生还是一盏灯，在他曾经的命运路口照亮前行的路，也继续在他的记忆中照亮心路历程。

命运因为王连生而改变

1960年,一朵冰冷的雪花落在李林芝额头上,这个1956年就入党的农校毕业生,成为一个漏划富农。

这个时候,李林芝在县委工作。

之后,李林芝所有的表格上,都不能填写原来的成分中农,他必须以一个富农的身份面对社会,也面对他未来的人生。20世纪60年代,富农是一顶很重的帽子,地富反坏右(即地主、富农、反革命分子、坏分子、右派分子),富农是排在地主之后的另类,是"黑五类"之一。血统论观念笼罩下,"黑五类"或"黑七类"子女在入团入党、毕业分配、招工、参军、提干、恋爱和婚姻等方面都受到歧视。

富农成分不但影响李林芝的未来,还影响一个家庭的未来,影响孩子的未来。

李林芝对土改政策非常了解。父亲只是一个厨师,乡下叫伙夫,靠出卖力气谋生,无论是父亲的出身,还是家庭的财产,都离富农很远,把父亲划成富农,绝对是一个错误。他无法接受错误的结果与结论,对于一名走出乡村的知识青年,李林芝与沉默的父亲不同,他选择一次次诉求。

他不服。

从1960年冰冷的结论开始,李林芝一直坚持诉求,坚持了十几年。十多年的时间,桓仁县委大院里的人,都知道李林芝不接受组织的结论。在他的多次诉求下，县委派人去庄河县做了调查，维持原来的结论。县委已经做了调查，有了结论，李林芝还在继续申诉，有人觉得，这是不可接受的，是个人向组织权威的挑战，提议处分李林芝。

王连生不同意，他认为李林芝不是一个胡搅蛮缠的人，作为一个有知识有文化的干部，为了一个结论，坚持诉求了十多年，一定有他的原因，一定有他的道理，以理服人，才能够真正帮助和教育干部。

王连生提出，县委再派调查组去做一次细致的调查。

县委采纳王连生的提议，派出调查组到庄河县。调查组同志细致地调阅所有资料，查清问题。原来，土改过后，正在对土改工作进行回头看，李林芝的大爷犯了一个生活错误。于是，公社向县里申报，把李林芝家成分改为富农，县委没有批准，只是同意把李林芝大爷一个人的成分改为富农。

李林芝家还是中农。

李林芝还是中农。

桓仁县委第一个调查组到庄河县，只是看了公社的申请，没有看到县里关于申请的批复。

李林芝十多年的冤情昭雪了。对于王连生，这件事只是一个具体的工作，而对于李林芝却是命运的一次转折。

李林芝命运多舛。

1969年，李林芝从县委下放到干校。

这个时候，在二户来公社果松川大队，"支左"的解放军修建一个小水库，干校派李林芝等3个人去支援。

水库不大。

山沟不大，一条浅浅的小溪，从浅浅的谷底流过，水量太小，没有办法蓄积。关键是山谷很小，即使建筑一道堤坝，水库也不会有库容。

李林芝住在村里，吃在村里。没有事情，几个人唠嗑儿，他把自己对于水库的观点与看法表达了，却不想同去的人把他的观点给部队打了小报告。说李林芝反对修水库，就是反对解放军。部队拿出一个非常严肃的处理意见，把李林芝定为"现行反革命"。

县委研究时，王连生说："我去调查一下，再做结论。"

王连生找到李林芝，问他："你说没说过这些话？"

李林芝说："我只是说，沟太浅了，存不住水。"

王连生说："就你聪明，就你懂，现在要定你为'现行反革命'。"

李林芝吓出了一身冷汗。

如果说，一个富农的成分李林芝都背不动，一个"现行反革命"的身份注定把他永远压在山下。

"以后，你把嘴给我闭上。"王连生对他说。

李林芝从此之后，不再多说话，每次开会，他都选在最后的一排坐着，这个习惯一直保持到他退休。经历这样的一次风雨，李林芝有一种深深的恐惧。

王连生回到县里，怎么处理的，李林芝不知道，也没敢去问。但是，这件事情总算过去了。

李林芝侥幸逃过一劫。

李林芝是1958年到下甸子蹲点，才认识王连生。他在下甸子成立一个卫星排，组织50多人在八队搞水田开发。那些日子，李林芝感受到了王连生的坚忍，也认知了王连生的智慧。

王连生是一个农民，但是王连生一点也不像农民。

他的思路，他的视野是超越那个时代的。即便是今天看来，他的观点与思路一点也不落后。

总结下甸子经验，李林芝也参加了，关于下甸子的几句歌谣出自他的手笔。

原来是：

穷山沟，穷人愁，
穷山恶水没奔头。

现在：

山是万宝，水是万能。
有山有水，永世不穷。

报社记者来采访，把这几句歌谣写进了文章里。

从1958年认识王连生，到1986年王连生去世，整整28年。从1986年王连生去世到2022年，整整36年。64年过去了，64年的洗礼，64年风霜雨打，64年的沉淀，李林芝心中，王连生还是一个良师，还是一个益友。

是一个优秀的县委书记。

是一个优秀的劳模。

是一个超越时代的农村建设的带头人。

不循常规

吕长禄在县委机关工作，常常跟着王连生下乡。他眼中的王连生与心中的王连生，不是办公室里的县委书记，而是一个朴素的农民，一个憨厚的兄长，一个不循常规的人。

王连生下乡，总是走横垄地，从这伙干活的人走到另一伙干活的人，一边走一边看，到了要去的地方，情况已经了解得差不多了。

王连生说："不能一下乡，就老一套子，走公路、听汇报、发顿议论往回跑。"

1971年，浑江发洪水，把下甸子九队100多亩的过江田冲光了。

王连生到了江边。

面对心情十分难受的社员，王连生说："洪水冲了，是坏事也是一件好事，说明我们农田基本建设上还有毛病，还有漏洞。"

王连生带着大家，一边走一边指点，哪里应该修一条防洪沟，哪里江堤要加宽，哪里修成梯田，哪里可以推平造地，把负面情绪转化成建设的力量。

现场办公，现场拍板。

吕长禄有胃病，冬天下乡，王连生让吕长禄睡在炕头上，炕头暖和一些，王连生自己睡炕梢。

吃饭，王连生不挑剔，也不特殊，却安排炊事员给吕长禄做细粮。

两个人坐在一个桌上吃饭。

吕长禄吃细粮，王连生吃粗粮。

吕长禄不忍心也不好意思。

王连生看出他的心思，打趣说："你吃细粮是照顾病号，我吃粗粮是遵守革命纪律。"

一个人与一种精神

王平富是下甸子大队党支部副书记,几十年与王连生工作在一起,学到了王连生的精神与情怀。

1973年夏天,正治理漏河,王平富胃病犯了,一起劳动的社员看见他额头上渗出冷汗,一只手痛苦地顶着胸部,把他送到医院。

在县医院,医生初步诊断是胃癌。

人们心情十分沉重,王平富安慰大家,怕什么,人总是要死的,你们问问医生,如果真是癌症了,我就回去,死在工地上,死在下甸子,心里才痛快。

好在最后结果是误诊。

王平富家离大队七八里路,孩子小,负担重,为了工作方便,他也和王连生一样吃住在大队。

一个雨天,王平富顶着塑料布,去看望有困难的社员。

走进社员郭炳胜的家,看见房屋漏雨,炕上地下摆满了盆盆罐罐在接水。

郭炳胜是一个苦孩子,旧社会家里穷,房无一间,父亲外号"郭光腚"。新中国成立后,郭炳胜身体有病,生活还有困难。王平富回到大队,向大家介绍了郭炳胜的情况,决定用集体的力量帮助郭炳胜重建三间房。

吴春田是九队队长,土改时和王连生在一起。

队长当了十几年,和王连生一样,365天,天天和社员在一起干活。

修梯田,石头下来,为了抢救社员,腿部负了重伤。

在公社医院,吴春田看见社员围在自己的身边,大声叫起来,你们围着我干什么,回去干活去。

女儿吴玉芹生在农村,长在农村,外出的机会很少,她想走出农村,可是当兵、招工和招生的机会,吴春田一次也没同意。

1972年,下甸子大队党支部委员、还乡女青年孟庆荣,向党支部提出申请要上大学。

王连生不同意。

支委会上,王连生对小孟上大学的申请提出自己的意见:"你是想借上大学的机会离开农村,单就这一条,你就不够格。"

王连生的批评让小孟入心,她提高觉悟,努力工作,决心扎根农村。第二年夏天,党支部决定送她去上大学。

这时,小孟有些恋恋不舍。

王连生鼓励她说:"照你现在这样,即便读了大学,你也不会忘记农村,忘记家乡。"

小孟放寒假回到下甸子,王连生对她进行一场别开生面的考试。

除夕一早,小孟听说王连生要考试,穿戴得整整齐齐来到大队部,问王连生考什么题。

王连生说:"咱先扫扫院子吧。"扫完了院子,小孟问到底考什么。

王连生说:"第一道题——参加劳动,已经考完了,你还及格,但是扣去5分。"

小孟迷惑不解。

王连生说:"往年冬天修梯田,你和贫下中农一起搬大石头,不怕脏不怕冷。今天扫这么一会儿院子,你嫌脏,摸了两次头,捂了两次手。这一点,你跟上大学以前有点不一样啦。"

王连生又领着小孟走访贫下中农,让她汇报大学里的学习收获。回来的路上,王连生说:"我看你对贫下中农还有感情,这第二道题——联系群众,你及格了。"

王立加在下甸子村主任的岗位上工作20多年。在他心中,王连生不是一个名字,是一盏灯。

很小,王立加跟着王连生和大人一起修梯田,人太小,两个小孩抬着土篮运土。他看过关于王连生事迹的电影《莺歌燕舞》,现在还会唱电影的主题歌:

> 满园花果满园香,
> 下甸子是个好地方。
> 道道石坝河长翅,
> 层层梯田层层粮。

王立加当年原本要离开下甸子。

他出民工离开村子,在修建桥梁的工地,因为他的实在实干,工地要把他留下转正。王连生回下甸子,路过工地发现了他,让人把他喊了回来,安排在下甸子机械厂。

李玉珍,只读过4年书。

她住在下甸子九队，放下书包，一个十几岁的孩子，拿起的是农具。她勤奋，生产队里所有的农活拿得起放得下。因为吃苦耐劳，1974年7月，她成为一名共产党员，是下甸子1974年发展的唯一的党员。另外的两个申请人是王德贞和李哲，被王连生一票否决了。

在李玉珍的心中，王连生是一个非常重要的人。父母从小对她的教育，仅仅是做一个好人，不偷不抢不干坏事。朴素的父母，以乡村农民的视野，无法给她更多的引领。

从王连生的言传中，她一点点领悟，怎么样成为一个对社会有用的人，一个有价值的人。

在她的生命中，王连生也是一个十分重要的人。王连生把希望点燃并亲自交到她手上，改变她一生的命运。

起初，大队让她写一份申请，当兵。

怎么可能，全县只有3个女兵的名额，分到下甸子的一个名额，所有人都认为是给王德贞的。

王德贞是县委书记的女儿，李玉珍的父亲连生产队队长都不是。彼此之间，没有可比性，也不在一个重量级上。

哥哥劝她，让你写你就写一份。

于是，她应付差事给大队写了申请。

所有人都没有想到，在县委、在村里，王连生两次否决女儿王德贞当兵的提议，否决了外甥女当兵的提议，把名额给了李玉珍。心想事成，对于李玉珍却是连想都没敢想的事情成了现实。阳光升起，照亮了李玉珍所有的日子。

穿上军装，离开下甸子，李玉珍哭了。

只不过，李玉珍的眼泪是幸福，是感激。

46年的日子匆匆而过。她在吉林杨靖宇基地当兵20年，1994年以基地室主任、技术副团的身份转业到了本钢，在本钢原燃处工作到退休。

生活宁静而温馨。

这一切，都与一个人有关。

一个人，一辈子做一个好人是个人的努力与追求。一个人，一辈子能够遇上一个好人，则是一种幸运。

王连生的事迹激励了几代下甸子人。

王立加说，从1951年王连生当书记开始，下甸子历届班子，没有一个人出问题。

这个世界，有很多的制度与规矩。

有一些规矩是外在的，有许多的规矩是内在的，是人给自己定的，给自己的心定的。可以做什么，不可以做什么，是人的道德感、是非观，是超越了时间和空间的规矩，多少年也不会过时，多少年仍然在看守着人们的心。

百姓眼中的王连生

桓仁县作家协会主席马贵明记得大舅给他讲过一个王连生的故事。

大舅的视力不好,生活上有一定的困难,他唯一的儿子还要下乡去偏远的村子。

无奈之下,大舅去找王连生。

他不认识王连生,一个人拄着棍到了县委。

王连生接待了他,让他坐在沙发上,还给他倒了一杯水。听了他对孩子下乡的诉求和生活上的具体困难,王连生安排秘书把他送回家。

大舅没有得到王连生一个准确的答案,内心忐忑地等待。县委书记能够接待他,倾听他,他已经十分感动。

过了几天,家里得到通知,孩子就近安排在通天四队。

一块石头落了地。

但是,对于大舅,内心的感激却永远不忘。

无论走到哪里,无论遇见了谁,大舅总是愿意把自己的经历讲出来,把王连生的故事讲出来,他发自内心地说:"王连生是老百姓的官。"

焉树功24岁结婚,家里生活困难。

王连生看见他,对他说,你年龄小,不会过日子,我借给你60

元钱。60元钱支撑着焉树功走过最艰难的日子。他知道王连生家里的困难，知道王连生的困难。王连生自己连袜子都不穿，光着脚，却给他买了一双袜子结婚穿。

有一个人在沙尖子广播站工作，因为经济问题，被判了两年徒刑。

刑满释放，他流落在社会。

绝望之际，王连生找到了他。

王连生并没有看不起他，批评与教育他之后，在乡里的工厂给他安排一个工作。

2019年，老人83岁了。他和老伴一起，从吉林赶回了桓仁，赶回下甸子，他有一个心愿，就是到王连生的坟上看看，表达自己的感激与思念。

青山依旧，漓河依旧。

无尽的岁月之中，这份珍贵的情感也依旧。

从山脚到王连生墓地的小路，蜿蜒陡峭，70多度的山坡，两个80多岁的老人互相搀扶着才能走上去，即便是互相搀扶，他们也一定要走上去。

死了还掀桌子

王连生去世之后，秦宝坤不时地拿着酒菜到王连生坟前祭拜，坐在王连生坟前，说说自己的心事。

一次，秦宝坤从家里背着一个小桌子，带着猪头肉、猪耳朵，从家里翻山过去，到了王连生的墓地。

桌子刚刚放在山坡上，就从山上滚了下来，秦宝坤四处找了半天，也没有找到桌子，他就把供品摆放在坟前的石头上，倒上一杯酒，对着老书记说："活着，你不让我送礼，死了，你还把我的桌子掀了。"

直到他上不动山了。

秦宝坤不是下甸子人，他老家在山东省莱芜县（今济南市莱芜区），由于连年饥荒，在山东实在过不下去了，6岁的弟弟快饿死了。

1953年春天，23岁的秦宝坤带着母亲、妻子、弟弟一起到东北投奔亲戚，一路要饭一路走，落脚在沙尖子区北沟村的一个远房亲戚家。

后来，秦宝坤在下甸子一面街找了一间破房子，把全家从北沟村接过来。房子在王连生家的边上，房子挨着房子，自此和王连生家成为邻居。

秦宝坤家一无所有，王连生和家里人尽可能接济他们。

从山东过来没有地种，秋天只能到别人家的菜地捡白菜叶子和萝卜缨子，王连生妻子帮着秦宝坤媳妇捡，晒干了冬天吃。几天时间，秦宝坤门前的大柳树上就挂满了菜叶。捡完菜叶子，王连生妻子又领着秦宝坤媳妇到后山石格子里捡掉在石缝里的豆粒。

秦宝坤到下甸子村的一个远房表亲家帮着做活，干了一年，过年了亲戚家只给4块豆腐和10斤小米作为工钱。没有办法，整个冬天，一家人靠捡来的豆子磨成面掺和着白菜叶蒸着吃。

人穷志不短。

转过年，王连生帮秦宝坤在城墙砬子沟租了一块地，还帮他置办了一些农具和种子，夫妻俩搭了个窝棚住在山上。由于肯出力，秋天粮食丰收了，留够自家的口粮外，还交售了2000多斤，在城墙砬子沟买了三间房子。

王连生看秦宝坤肯吃苦、肯下力气，为人还十分耿直，对他十分信任，安排他在小队当了队长。

秦宝坤当时才27岁。

画家笔下的往事

2021年，为庆祝建党100周年，画家武戈要画3幅油画，名字叫《党的好儿女》，他选择画王连生。

小时候，他听大人说过王连生。1961年升初中，他路过下甸子，看到这里真的与自己的家乡不一样。无论是山上，还是河边，都生机勃勃，流溢着一种力量。

1966年，他走进下甸子。

"文革"风起，作为高中生的武戈面对一个问题，同学们质疑王连生，说他是一个假典型。

武戈说服不了同学，自己所见与同学的说法又不同，为了拿出更加有力更加真实的事实依据，武戈提出去下甸子实地考察。他的想法得到了认同，却没有人愿意去离县城很远的下甸子，没有人愿意承受一路的颠簸。于是，武戈只能一个人前往。

王连生把武戈安排住在一个社员家里。

武戈上午参观，一个一个地方看，看山看水，看路看林，眼见为实。下午找人谈话，不同生产队的人，不同年龄的人，特别是对王连生有意见，或者王连生处理过批评过的人。鸡蛋里，要细细挑骨头，米里，要慢慢找沙子。足足待上9天，武戈回到学校，向组织做了一个详细的汇报，典型是真实的，数据是真实的。

岁月匆匆，武戈当兵、工作。

1992年，省美术家协会来沙尖子写生，县文化馆安排武戈陪同。

美协的画家们一次次提到王连生,说这个人很好。

这个说法,让武戈的心一动。

2017年,武戈去大寨写生。细细的小雨中,武戈拜谒陈永贵墓,参观了大寨展览馆与大寨文化展览馆。临走前一天,他去拜访郭凤莲,唠了陈永贵,唠了大寨。从大寨的历史折痕里,他又一次看到了下甸子,看到了王连生。

2021年,他选择画王连生。

画幅不大,画家的笔下,王连生目光宁静而淡泊,凝视远方。

王连生在画家心上。

温馨家风

严厉的父亲

王连生的父亲王希山对孩子非常严厉。

即便是对王连生,即便王连生成为县委书记。

王连荣讲过一个故事。

一次,她与父亲王希山两个人在地里栽葱,父亲负责起垄,她负责栽。忽然,她发现父亲停下来,挂着镐头静静地望着公路。顺着父亲的目光,她也向公路望去,发现了哥哥王连生。哥哥骑着一辆自行车,一只脚站在地上,身子骑在车上与村里的一个人说话。

父亲呸了一声。

父亲对看不惯的事,习惯用呸一声表达愤怒。

第二天吃早餐,王连生喊父亲吃饭。

父亲没有理他,对他说:"你最近挺忙?"

听见父亲声音不对,看见父亲的脸色不对,王连生马上从饭桌上离开站在地上。王连生家有一个规矩,长辈批评,小辈必须站在地上听着。

父亲说:"你再忙,和老百姓说话,你也得下车,你怎么能骑在车上和人说话,你有什么了不起的?"

王连生一声不吭。

父亲说:"我告诉你,以后见到下甸子的老百姓,你必须下车说话。"

一次,王连荣与侄女去打猪草。生产队果园采摘的时候,有果子落到草丛深处，两个人发现了就把果子捡回家。

晚上，果子洗干净端上来。

父亲问，果子从哪里来的？

王连荣告诉父亲是从草丛里捡来的。

父亲并没有听她的解释，把果子拿起来倒进猪圈里，没让吃。父亲说，你们天天出去打猪草，今天看果子好了捡几个，明天看菜好了捡几把，时间长了就养成爱占小便宜的毛病。

对孩子们严，对自己也严。

70岁生日，女儿和孙女要给他过生日。两个人从县里的单位请了假，买了鱼和肉，高高兴兴地回到下甸子。

街坊和邻居知道老人七十大寿，也把家里的鸡蛋送来，把鸡抓来。

看见女儿和孙女回来，王希山却生气了，他说，毛主席都不过生日，我过什么生日。他让家人把邻居送来的东西还回去，把女儿和孙女买的东西丢在院子里。他告诉两个人，你们回自己公婆家去，以后从县里回来，必须先到公婆家，然后才允许回娘家。

家人不解。

父亲对王连生妻子说："我不能过生日，邻居们都不富裕，我过生日，人家不来不好，来了空手不好，辛辛苦苦攒的一点鸡蛋，大人孩子改善改善生活都不舍得，要送给我，这种给别人添堵的事，我们不做。"

从此，家里人也不过生日。

严厉的家风，孩子们也自觉传承下来。

每年正月初三，王连生给孩子开会，布置一年的任务，家里每

一个孩子都有分工，都有任务。

有人负责从漏河挑水回家，每天挑10担水，保证全家用水，特殊时期，过节过年用水量大，需要多少挑多少。

有人负责养毛驴，春天与夏天，放学之后去割草喂毛驴，冬天不需要割草，要铡草，把玉米秆铡成毛驴的草料。

有人负责烧柴，去山上捡柴火。

有人负责收拾地，薅草、背地，割草垫进牲畜圈里积肥，把积出来的肥卖给生产队挣工分。

任务一年一定，定了干一年。

到年底，看孩子任务完成情况，家里评选劳动模范。

在王连生家，孩子谁犯错误，要主动交代，站在那里等候处罚。一个孩子犯错误受处罚，其他的孩子要站在一边看着，处罚一个人，教育所有孩子。

对不同错误，王连生规定不同处罚。

动了生产队的东西，处罚是趴在炕沿上打屁股。

在学校与同学打架，处罚是打手板。

王连生的处罚规定很详细，也很具体，孩子犯了错误，自己知道要受到什么样的处罚。

王德峰是王连生最小的儿子，淘气把衣服刮破了，知道犯了家规，看见父亲回来了，主动趴在炕沿上接受处罚。

王连生边抽打他边问："你疼不疼？"

王德峰还小，父亲问了就如实说："有点疼。"

王希山不过生日，他的儿子也不过。

二儿子王连贵66岁时，儿媳张罗着在饭店聚一聚。王连贵说，我今年不过，明年不过，后年也不过，你们谁也不能拿我过生日挣钱。

儿媳妇解释，没有一个外人，都是家里人。

王连贵说，那也不行。

王连贵一个生日都不过。

王德波讲过爷爷与一碗羊汤的故事。

家里潮湿生蟑螂。王连生从饭店要了几根羊骨头，准备药蟑螂，晚上回来，王连生把骨头放在了锅台上。

妻子不知道。

那个年代，羊十分稀罕，家里人都没喝过羊汤。

妻子早晨起来做饭，看见几根羊骨头，以为是王连生买回来的，骨头干干净净又不像。她没有多问，把骨头洗了放进锅里熬了一碗羊汤，给公公喝。

一碗真正的羊汤，没有一点羊肉，乳白色的汤汁，汤汁上面漂浮着绿色葱末。

王希山不认识字却喜欢听书。每天晚上，二儿子王连贵给王希山沏上一杯茶，然后给他读书，读《烈火金钢》、读《封神演义》，几十万字的一部书，他听一遍就能完整地复述出来，记忆力惊人。

母亲的善良

母亲善良。

她理解儿子,了解儿子的秉性,一直说服家人理解和支持王连生的工作。母亲文化程度不高,也讲不出大道理,但是,她知道儿子在干正经的事。她要求孩子们做善良的事,做善良的人,最爱说的一句话是好人有好报。

新中国成立前,王连生的父亲去宽甸做生意。宽甸发生了瘟疫,人是一家一家地死去。为了防止疫情扩散,人们把发生疫情的人家连房子一起点燃了。

这天,父亲从宽甸回来的路上,从死人堆里发现了一个活着的孩子。孩子用无助与乞求的目光望着他。

父亲于心不忍,用做生意的挑子,把孩子挑回了家。

孩子只有9岁。

家里已经有7个孩子,原本就困难,现在又添了一张嘴,真是难上加难。母亲却一句话也没埋怨。邻居知道孩子是从疫区来的,都躲得远远的,连家门都不进,纷纷劝母亲把孩子丢掉。

母亲说,好歹也是一条命。母亲喂他绿豆水,用艾蒿水给他洗身体,一点点真把孩子救活了。

孩子在王连生家一直长到19岁。

父亲出去做生意,认识了一个没有男孩儿的家庭,知道他们要招一个上门女婿,把孩子介绍去了。父亲像给自己的儿子办婚礼一样，给孩子带去两头牛和两匹家织布，作为结婚的聘礼。

孩子有了自己的家。

1960年8月2日，下甸子发大水。连续下了三天的雨，浑江涨水了，汹涌的江水像是一堵厚厚的墙堵住了漏河，漏河水流不下去，开始向上游漫。水慢慢涨起来，把柴堆和房屋泡在水里。

王连生家整个都泡在洪水里，水面与炕沿一样高了。

仓房倒了，粮食漂走了。

邻居姜友林帮忙，从后窗户用绳子把炕琴柜搬出去。一家人逃出去，在屋后山坡上玉米地里搭个塑料棚子待了一个晚上。第二天早晨，沿着后山山脊才走到了下甸子。

这个时候，王连生一直没有回家。

整整三天，王连生一直带着大家抗击洪水。他回到面目全非的家，已经是三天之后，洪水退去的家里一片狼藉。

即使这样，母亲也没有责怪儿子。

王连生最常穿的蓝布便衣衫，也是母亲一针一线缝制的。从在农村放牛到当大队书记，再到县委书记，王连生一直穿着母亲做的衣服。衣服破了，缝缝补补，王连生照样穿。

母亲的墓地在一条龙后山一条山沟的边上，家里人原本和一队队长打招呼，队长同意把母亲安葬在山坡下。

山坡下是一块平整的土地，前面是漏河，后面是绵延的大山。从风俗上或者从孩子的心理上，觉得母亲辛苦一辈子，应该把她安葬在一个可心的地方。

王连生没同意。

20世纪60年代，下甸子移风易俗，一家一家做工作，一个人一个人做工作，才把平地上占用耕地的坟迁移上山。如果把母亲葬在地头，不仅影响耕种，还容易产生一种负面影响。从情上，从理上，从下甸子的发展上，都不能开这个头。

王连生首先做父亲的工作，王连生并没有和父亲讲什么大道理，也不用讲什么道理。王连生与父亲之间，并没有太多的交流，但是，父亲一直在关注着他，一直在理解着他。这些年，父亲从来没有因为家庭，因为家人，给王连生一丝一毫的压力，因为父亲的理解与支持，王连生少了来自家庭的羁绊与困惑。

父亲沉默了一会儿，对孩子们说："按你哥的意思办吧。"

母亲安葬在山坡上，辛苦一生的老人，注视着前面的漏河，注视着从漏河边的乡路匆匆走过的亲人。

坎坷的妻子

1929年出生的姜芳，1948年和王连生结婚。1986年王连生去世，夫妻俩风风雨雨走过38年。

姜芳不是一个幸运的人，她18岁时，父亲就去世了。母亲一个人带着几个孩子，日子实在过不下去，叔叔姜维平从外地来到下甸子，把一个坍塌的家支撑起来，把姜芳兄妹三个养大。

1986年，王连生去世。

1987年，王连生的父亲去世。

祸不单行，1990年秋天，在桓仁铅矿工作的二儿子王德全因公去世，那年才29岁。

王连生安葬在一面街的后山上，二儿子埋在漏河边老家一面街的后山上，父子俩的墓地相距不远。

站在家门口，姜芳抬头就能看见山上丈夫的墓地和儿子的墓地。她被深深的痛苦折磨着。

桓仁县委、县政府考虑到她的实际困难，1990在桓仁县东关给她买了三间平房，让她离开卜甸子搬到县城生活。

这三间平房，她住了13年。

弟弟王连兴说，大嫂这一生过得最不容易，她对待小叔子、小姑子像对待自己的孩子一样。

大嫂结婚时，王连兴才两岁。他是嫂子的一个跟屁虫，嫂子回娘家也要领着他。嫂子上河边洗衣服，也会一手端着脸盆，一手领着他。一次在河边洗衣服，突然下起瓢泼大雨，嫂子急忙用脸盆把王连兴端回家，等她回到河边，衣服都漂到河里了。

焉春月是王连生的外甥，1970年9月，从北沟大队到沙尖子中学读高中。学校宿舍没建好，他住在王连生家。

在他的印象中，王连生很忙，几乎见不到他的面，一大家子人生活上的事情都是舅妈支撑着。

在学校，焉春月吃食堂。他要从家里带粮，然后换成一周的食堂粮票。每周一准备一周的粮食和咸菜，背着步行30多里回到学校。家里姊妹10个，焉春月是老大，生活十分困难，时常断粮，上学走了，家里也没准备足一周需要带的粮食。

舅妈看见他带的粮食不够一周吃，心疼地说，再怎么不容易，也不能饿着肚子上学，舅妈每次都会把一周缺的粮食给添上。

2019年，姜芳去世，安葬在一面街的后山上。

她永远成为下甸子的一部分。

我要当兵

王德贞，从小就想当兵。

中学毕业回到下甸子，她劳动和学习都走在前面，成为大队团支部副书记。只是年龄越大，当兵的愿望越强烈，1972年冬季，王德贞给县武装部写了两封信，要求入伍。

1973年，王连生在省委党校学习，女儿给他写了一封信，表达自己想成为一名军人的理想与愿望。

王连生给女儿回信，你当兵，我同意。但是，目前还不能去，还要留在下甸子好好劳动，一旦打起仗，我第一个送你去。

1974年冬季征兵，市里给桓仁3个女兵的名额。县委常委研究时，武装部提出给下甸子一个女兵名额，理由是下甸子是县里的先进单位。

王连生不认可这个方案。

他提出，桓仁东片民兵工作做得好的是桦树甸子大队，可以从这个大队产生一名女兵。

县委常委，大多数人不同意他的意见。

争论了一番，县委副书记、武装部政委拍板，这个事就这样定了，下甸子出一名女兵。

三个女兵名额，分配到下甸子一个。

下甸子大队研究推荐王德贞。王连生知道消息，从县里赶回下甸子，他做大队班子的工作，不同意推荐女儿当兵。

对王连生的做法，孩子不理解，妻子也不理解。

妻子对王连生说："公社让女儿去当广播员，你不同意，我支持你。孩子去当兵，复员之后还回到村里，有什么不对的呢？"

王德贞初中毕业时，公社缺一个广播员。考虑到王连生家里生活困难和王德贞的自身条件，安排她去公社广播站。

王德贞去广播站上班了。

王连生外出开会回到下甸子，发现这件事，马上让女儿回到下甸子。

王连生理解妻子的心情，站在母亲的角度，她看问题与处理问题自然与作为县委书记的父亲不一样，王连生首先是一个县委书记，然后才是一个父亲。

王连生耐心地对妻子说："这件事表面上看合理合法，其实不是。你细细琢磨一下，全县征收女兵只有三个名额，想当女兵的孩子成千上万，为什么偏偏分配到沙尖子公社一个名额，又为什么偏偏分到下甸子大队？为什么又分配在咱女儿头上？如果我不是县委书记，能有这样的巧遇吗？"

妻子被说服了，女儿的心结却打不开。

王德贞心里是委屈、不满，甚至愤怒，病倒的王德贞给王连生写了一封信，流着泪写了一封信。

父亲：

　　您好！

　　您为我参军一事做了很多工作，帮了很多忙，为此我以女儿的身份向您表示谢意。

　　我一生最高的理想，天天想年年盼的愿望，让您给结束了，感到痛心。从我懂事那天起，就有这个愿望。您也曾说过一定让我参军，如今真的有女兵名额了，听到这个消息，我简直不相信自己的耳朵，心跳得厉害，高兴极了，没承想小队贫下中农推选了我，到了大队，您却结束了我的迫切愿望。我听到这个消息，耳朵轰鸣，眼冒火花，心比刀绞还难受。父亲都体贴女儿的心情，可您却是这样，连体检都不让我参加，让我做女儿的说句什么呢？

参军保卫伟大的社会主义祖国是我们革命青年义不容辞的革命义务，送女参军是您义不容辞的革命职责，保卫祖国您不让我去，当工人和升大学都能涉及个人利益，您又怎么去看待？贫下中农推举上我，您不让我去，在我的眼前不说，背后却这样。大队不选我，知道的好，不知道的又怎么样呢？

如今我病倒了，眼泪也流干了，但我也更加想念您了，只好含着眼泪给您写信，告诉您吧，我参军的心情和愿望在我的心中埋下了种子，只有到死那一天，我才能不想它呀。李叔来做我的工作，我想每个人都有人生自由，我的自由权利却让您给剥夺了，为此感到伤心，人家高高兴兴去参加体检，您的女儿我却痛哭流涕。任何人来说只能说服我的表面，却说服不了我的心。我一定要参军，就这样吧，干别的您不让我去，我就不去。如今，我铁下一条心，谁不让我去，将来谁就负全部责任。

您放心吧，我这几天是起不来到处要求了，但总有好的那天，我还要继续申请。

来年我就超龄了，真急死人了。

此致

德贞
12月9日

读了女儿的信，王连生的心有一丝丝的疼痛。女儿一次次的努力，无论是去公社当广播员，还是入党，他都是没有同意，对于孩子，王连生确实有亏欠。王连生告诉女儿，如果是在战争的年代，需要应征女兵到前线，爸爸一定支持你，带头送你去，那个时候你如果不去，反而是爸爸搞特权的。现在农村还很艰苦，需要一大批有志向有才华的年轻人来改变贫穷的面貌，作为干部子女就应该带头在农村干。你去不去当兵，在不同的时期，在不同的场合有不同的意义。

道理是道理，感情是感情。

漏河此刻成了云朵的眼泪。

女兵名额，最后给了九队的李玉珍。

王德贞继续在下甸子劳动。这时，有一个"社来社去"到丹东市农业学校学习的机会。"社来社去"，是指从哪个公社上大学的，毕业后就分回到哪个公社。

有了当兵的教训，王德贞直接去了县里，找到秘书组的李林芝。

这时，王连生考察没有在县里。

李林芝听了孩子的诉求，觉得有道理，去找李鸿芳。对于家里人的事情，王连生有严格的要求，必须告诉他。好在只是一个学习机会，毕业之后还要回到下甸子，两个人就背着王连生，通知教育局同意王德贞去丹东市农业学校学习。

由于国家政策调整，王德贞原本1年的学习时间延长到3年。3年之后，她毕业回到下甸子，当了一名民办教师。之后，国家调整政策为她们分配了工作。因为爱人工作的调转，她到了桓仁县妇联工作，后调到县工商局，直到退休。

儿子与寂静的山谷

漏河边，有一个山谷叫城墙砬子沟。

沟不大，延伸十几里，两面山坡种着人参，栽着果树，是下甸子一队的果园。

1977年，王德君走进城墙砬子沟。

是一次选择，也是一次逃离。

1976年高中毕业，他想去当兵，体检没有合格，血压高。同班同学，当兵的当兵，当民办教师的当民办教师。他想去农机厂当工人，王连生不同意，只能在生产队干农活。王德君内心不平衡，登高也望不出多远，看不到希望，他选择逃离，来到果园。

果园没有房子，用木头和茅草搭起一个窝棚，漏风漏雨，晚上，月光从窝棚缝隙渗进来掉了一地。

床前明月光。

王德君一个人守在山谷里。春天上山，直到冬天下雪了，地冻结实，他才下山。寂寞的时光里，他一个人守着果园，守着1000棵山楂树，100棵梨树，700棵板栗树，守着花开与花落。

家里人担心他的身体，更担心他的精神。

姑姑和姐姐想了一个办法，冬天他下山之后，让他到县里住一阵子，在社办企业给让他找份临时工，让他挣点钱贴补生活。

生产队实行联产承包责任制后，王德君联合九户人家，把果园承包下来，每年交给集体6000元承包费，用1.7万元把人参园子包下来。

1980年，王德君才走出城墙砬子，到酒厂上班。

1990年，王德君搬到县里照顾母亲。家在县里，他工作在五女山酒厂，但是企业效益不好，1993年，王德君下岗了。

家里6口人，没有一点收入，王德君和妻子学着做生意。

他卖过鸡崽，从孵化场买回来鸡崽，在家里养上几天，等鸡崽壮实了，去农村的集市上卖。屋子小，地上和炕上都是鸡崽，都是一股鸡粪味道。从农村回来，收农村的笨鸡蛋到城里卖。

他做蜂窝煤卖，从煤矿买来煤面加工成蜂窝煤。院子里堆着一堆堆加工的成品，晾晒着半成品。

下乡收购人参，去集安收购人参，卖给县人参公司，自己也加工红参。由于没有本钱，一次只收购30斤、50斤。

母亲与妻子，从县里的宾馆联系到活，给宾馆洗床单，缝补床单，给人参加工厂缝人参盒子。即便是这样，还是无法保持与生活的同步。儿子住院，500元的住院费他拿不出来，还是姑姑伸出援手。

生活苦涩，但是他努力。

他记得父亲与自己的一次长谈，也是父亲与他唯一一次推心置腹的交流。那天，父亲要和他一起为生产队打马草，在城墙砬子的山坡上，王连生向他解释，为什么不能为他安排一个合适的工作。

父亲最后说："你扎生在我们家，只能委屈 点。"

1998年，县里了解到他的情况，破例把他安排到法院工作，让他有了安定的生活。

王连生去世时，王德君的儿子王雷只有3岁。

记忆中,爷爷是一个名词。从小,王雷就知道自己的名字是爷爷给起的,爷爷说,我的孙子,必须向雷锋学习。

于是,给孙子起名叫王雷。

工作之后,面对生活的磨砺与诱惑,王雷才真正理解爷爷,理解爷爷的情怀与选择。

女儿的婚车

王德杰结婚，王连生与女儿有一个约定，不用男方马车来接，我去送你。如果用马车来接，我不送你。

王德杰不同意。

别人家的儿女结婚都热热闹闹，我为什么要冷冷清清。

那时，乡村还是宁静的，没有汽车，没有豪华的车队，也没有像珠穆朗玛峰一样高耸的彩礼，一辆接送新娘的马车足够面子足够排场，足够让单调的日子春暖花开。

王德杰对父亲说："车必须来，您也必须去。"

车来了。

王连生不去。

王德杰哭成一个泪人，王连生也没有为女儿所动。王德杰只能在父亲的目光中远去，车辙像是一根鞭子。

对王连生来说，原则问题没有商量的余地。

父亲的原则对于王德杰来说就是严格，就是冰冷。从小，父亲就是严肃的代名词，父亲给她的不是朱自清的背影，而是一个阴影，一个需要努力才能走出去的影子。父亲的光与父亲的亮，一点也借不到，她只能像一只小小的萤火虫，提着一盏小灯笼走自己的路。

上小学，她连一个书包都没有，妈妈用一条毛巾缝制了一个包当作书包。同龄孩子中，她的书包是另类的，是另一种风景。

春节，同学压岁钱有5元、10元，她的压岁钱只有5毛钱。

生活的苦涩，让她早当家。放学了，别人去玩，她一个人去捡粪，堆起来卖给生产队给家里挣工分。

1975年，她毕业到下甸子卫生所上班。

下甸子离家有8里地，上班下班，刮风下雨，她每天都要走40分钟，父亲的一辆自行车，即使锁在下甸子大队里，也一次不让女儿骑。

1995年，王德杰离开下甸子，到县城里开了一家个体诊所。

从39岁开始，66岁停业，她干了27年。

27年，她一直用努力支撑着自己的生活，用自己的光照亮自己的路。

她的诊所一直红火，兰家沟离她的诊所很远，有两个老人宁肯走一段路，也要到她的诊所打针。后来，她才知道，人们到她的诊所来，不单单是她的敬业与态度，还因为她是王连生的女儿，因为相信王连生，人们选择相信她。

一个叫赵伟的老人，96岁了，退休前是桓仁县政协副主席。老人身体很好，96岁，还上山采野菜、采蘑菇，每天骑着一辆电动摩托车，穿行在县城大街小巷。

老人常常给她送野菜，送蘑菇，老人说，看见你，就像看见你的父亲王连生。

老人1958年在沙尖子公社当过第一书记，当时王连生是下甸子大队党支部书记。1971年，他与王连生一起在辽宁大学哲学系学习了半年。

后来，她才发现，无形之间，无意之中，自己做人做事，越来越像父亲。父亲留给她的不只是一个生命，还有骨子里的品格，父亲的精神血液一样在她的灵魂中流动。

再饿不能吃种子

王连生家后山是生产队玉米地，玉米缺苗，王连生一个人早早起来，把缺苗的地方补种上豆子。

他去得早，社员上工，他已经回家，一直没有人发现，只有妻子看见他裤脚是湿漉漉的。

社员锄地，看见缺苗的地方长出了绿油油的豆子，谁都不用问，一定是王连生补种的。

小儿子王德峰五六岁，发现父亲挂在墙上的上衣兜里鼓鼓的，用手一掏是豆子。

王德峰如获至宝，掏出两把豆子就放到炉子盖上炒。

刚炒好豆子，父亲开门回来，看见他在炉子前炒豆子吃，一把把他拎起来，大声责问道："知道你吃的是什么吗？"

王德峰怯怯地说："豆子。"

王连生指着豆子告诉他，是豆子不假，但这是豆种，比豆子更金贵，记住再饿也不能吃种子粮。

王德峰才知道，父亲衣兜里装的豆子，是到地里补苗用的豆种。

王德峰再也没掏过父亲的衣兜。

吃完晚饭，王德峰喜欢和邻居家孩子们跑到家上边的碇子头玩捉迷藏。一次，天阴沉沉要下雨了，一道闪电把地上照得雪亮，有人发现碇头的大柳树下有一个披头散发的人影。

于是尖叫，有鬼呀！

听说有鬼，孩子们吓得掉头往家里跑。王德峰气喘吁吁地跑进家门，与父亲撞了个正着。

王连生问他怎么了。

他告诉父亲，砬头有鬼，看见鬼了！

王连生看到他惊恐的样子，安抚他说，哪有什么鬼，我经常开完会走夜路也没遇到什么鬼，一定是你们看错了。

王连生拉着他打着手电筒朝大柳树走去，到了树下，用手电筒照去，看见确实有个人影，走近跟前一看，原来是老杨家患有精神病的姑娘，王连生用手电筒照亮一直把她送回了家。

王连生问他，还相不相信有鬼神，还怕不怕啦？

他摇摇头说，不相信了，也不怕了！

下甸子兽医

王连兴是王连生的三弟，1965年从丹东农校中专毕业。

历史上，桓仁曾经划归丹东（旧称安东）管辖。1947年桓仁县人民政府成立，属安东省管辖，1966年划回丹东市管辖，1968年划归本溪市辖。

王连兴在丹东的学校毕业回到桓仁。中专毕业，按规定县里统一分配工作，县农业局研究把他分配到县参茸场当兽医。

王连兴非常高兴。

王连兴的父母也高兴。

弟弟征求王连生的意见，王连生不同意。王连生认为，弟弟现在毕业了，下甸子没有兽医，更需要弟弟这样的专门人才，于情于理他都应留在下甸子。

王连兴听从了王连生的意见，留在下甸子大队兽医所，一干就是6年多。王连兴年轻又有专门知识，很快被沙尖子公社兽医站看上了，要调他去，变成事业编制的干部。

王连兴动摇了。

王连生专门从县里回来，与弟弟长谈，又一次把他留在了下甸子。下甸子兽医所，因为王连兴，因为一个个王连生留下的人才，远近闻名。

下甸子的老人说，当年周边大队的牲畜有病了，都到下甸子大队兽医所来，下甸子兽医所比沙尖子公社的兽医站还要忙。

1971年，根据上级文件精神，下甸子大队兽医所并入公社兽医站，王连兴才算有了正式工作。

我要读书

王连英是王连生的二妹妹。

她喜欢读书,读书的幸福与快乐是她最温暖的回忆,却不能读了。

家里条件困难,12口人,有7个孩子,上学供不起,她抗争,哭过、闹过,最后还是告别了校园。

17岁,她去生产队干活。

早晨4点起来,摸黑去修水库的工地。中午吃在工地,从家里带一个咸萝卜头,一个用菜和玉米面和在一起的菜团子。

天黑了,点上蜡烛,继续修梯田。

大年初一,还要用爬犁往地里送两个小时的粪肥,有一个说法叫开门红。

王连英人小,一天只有10分工,一年挣了2000多工分。当时,10分工的分值仅仅5角钱。

王连生看到妹妹在生产队干得不错,要奖励她一份礼物。王连英有一份期待,想不到王连生送给她的奖励是一把锄头,一把镰刀。

对于一个年轻人来说,单调的日子,没有诗情画意。

她产生一个念想,逃离农村。

念想只是一个念想,哥哥的前车之鉴,侄女的坎坷之路,注定了得不到王连生同意,她想当兵、想上学、想出民工,都无法实现。

王连英想寻找一种力量,一种外部的力量。

这时，别人给她介绍一个对象，男孩儿当了五年兵，是党员，是五好战士，得过五个勋章。政治标准符合哥哥的要求，其他条件对应王连英的想法。男孩儿从部队回来，在本溪县田师傅煤矿工作。王连英同意了，她有了离开农村，离开下甸子的一个理由，一次机会。

命运，却常常有另一个结尾。

一个和男孩儿一起从部队转业到田师傅的工人在煤矿事故中死了。男孩儿父母知道之后，害怕了，让儿子辞去煤矿的工作回下甸子。

王连英只能继续生活在下甸子。

从部队回来，按规定可以安排工作。王连英去找哥哥，连续找了两次，哥哥也没给丈夫安排一个工作。

王连英一直生活在下甸子。

无论儿子、女儿，还是孙子和孙女，王连英支持他们读书，能念到哪里就供到哪里。她自己也一直在学习，74岁的人，一部智能手机用得娴熟，还有自己的抖音号。

感恩的人民让人泪流满面

李秋实纪念馆,王连荣站在哥哥王连生画像前,看了又看。

那天,她没有带身份证,按规定不能去馆里参观,工作人员知道她是王连生的妹妹,破例让她进去。

作为王连生的妹妹,这辈子如果说和哥哥借过什么光,那就是人们对王连生的尊重,人们因为对王连生的尊重而引发的对王连生亲人的尊重。王连生对老百姓的爱,对社会的爱,都在社会上得到回应。

王连生住院,王连荣去取白蛋白,药房没药。她失望地走开了,药房工作人员像是认出她,问她:"你给谁取药?"

王连荣说:"王连生。"

药房工作人员说:"你回来吧,我知道王书记的药快没有了,给他留下来4支。"

孩子上幼儿园,王连荣去县政府幼儿园找园长。她在桓仁镇工作,县政府幼儿园只为县政府机关干部服务,怎么解释,园长也不被打动。

王连荣离去。

第二天,她路过幼儿园,却看见园长站在门口。原来,园长是专门等她。王连荣昨天离开之后,幼儿园老师告诉园长,刚才要送孩子的人是王连生的妹妹。

园长告诉王连荣,把孩子送来。她说:"王书记为我们百姓做了很多好事，我也该为他做一件事。"

泡子沿开会选举人民代表，王连荣是工作人员。一个腰上扎着草绳的农民走进来，嗓门很高，对着所有人大声说："选代表，我只选一个人，王连生。"

王连生这时已经去世多年。

岁月渐行渐远，72岁的王连荣对哥哥的感情，也是不断变化，从怨恨到理解，从理解到怀念，从怀念到崇敬。

毕业之后，王连荣到下甸子学校当民办教师。如果不是母亲突然病逝，她的日子会按照原有的轨道行走下来。

1968年，正用簸箕簸豆子的母亲，突发脑溢血倒下去，时年仅仅59岁。事发突然，家里人无法接受现实，一向坚毅的王连生握住母亲的手，紧紧的久久的，谁也分不开。

出殡，王连荣一个人躲在家里哭。

王连荣不知道流了多少眼泪，作为女儿，正是依恋母亲的年龄，母亲却在一个瞬间从她的生命中消失了，从生活中消失了。生与死，对于18岁的王连荣，是无法解读的哲学命题，她孤独、痛苦、无助。

上班，她早走一会儿，去母亲坟前看看，下班，她也要去母亲坟前看看。

每天如此，只有这样才能排解内心的痛苦。

她单薄的身体与单薄的情感，支撑不起突然塌落下来的生活苦难。她需要换换环境，需要一个机会，重新面对自己，面对生活。

这时，本溪师范学校开办一个民办老师培训班，学习时间8个月，性质是"社来社去"。

学校没有人爱去。

王连荣听说了,她去找校长,我去行不?

校长不理解她,一个女孩子一个人离开家那么远,看她态度坚定,同意了。

王连荣是第一次离开家。

在本溪师范学习,吃住学校负责,学生自己负责往返的车费。从县里到下甸子车费是1.4元,一次回家,王连荣手里只剩下1.39元。买票时,好心的售票员了解她的情况,替她垫付1分钱。

前一天,离开学校,她只是吃一顿早餐,之后一直没有吃饭。第二天下午到家,她一连吃3碗饭。

嫂子把这件事告诉了王连生。

王连生什么也没有对妹妹说,只是目光中,有一丝疼爱与不舍。

王连荣8个月学习结束的时候,学校接到通知,政策调整,培训班的学习时间延长到两年半,毕业之后,国家统一分配。

一次偶然的机会,改变了王连荣的命运。

王连荣毕业,在沙尖子学校当辅导员。

兄妹当中,王连荣算是幸运的,由于在本溪师范学校的培训是"社来社去"的性质,她参加培训班没有遭到哥哥的阻拦。

兄妹之间,哥哥物质上对她的支持很少,甚至没有。哥哥收入很低,很少的一部分收入,王连生常常拿去资助别人。嫂子基本上见不到可可的钱,家里人也是,哥哥对家人的承诺常常只是一个承诺。王连荣记得有一次过年,二哥给嫂子和妹妹每一个人做了一件毛蓝的上衣,大哥答应给每一个人做一条裤子。二哥的上衣有了,大哥的裤子没影。

哥哥住院，她常常去陪护。

在医院，她认识了李秋实，李秋实常去看王连生。李秋实从沈阳开会回来，直接到王连生病房，带来香肠、糕点。王连荣发自内心地感激，觉得欠下李秋实一份情，哥哥去世之后，她去沙尖子买了200个鸭蛋送到李秋实家，李秋实坚决不收。

李秋实真诚地说："王书记是我很佩服的一个人，我一直学习他做人做事的品德。能够被老百姓认同，对于我们每一个人来说，都是人生最大的幸福。"

一个小店与一个人的情怀

女兵是所有乡村女孩儿的梦。

王连生不同意女儿王德贞当兵,下甸子大队重新研究,确定了两个体检名额,一个是李玉珍,另外一个是杨连红。

杨连红是王连生大妹的孩子。

在公社工作的二舅听说这件事对杨连红说:"够呛,你大舅那关不一定能过去。"

杨连红的妈妈不服气:"我们姓杨,与你们老王家没有关系。"

妈妈说的是气话。

体检如期进行。

杨连红大高个,会打篮球,一下子被部队领兵的干部看中了,体检完了,告诉她,你回家等消息吧。

怎么等也没有动静,等待漫长而孤独。

托人去县里打听,才知道是王连生不同意她去参军。

县委研究女兵名单,王连生说,下甸子让杨连红参加体检,我不知道,她是我的外甥女,我不让女儿去当兵,换了外甥女去,是换汤不换药。

两个人,最后确定李玉珍。

部队领兵的干部喜欢杨连红,想到了一个两全的办法,给桓仁县再增加一个女兵名额,把下甸子推荐的李玉珍和杨连红一起征召。

王连生还是不同意。

部队同志遗憾地走了。

杨连红遗憾了一辈子。

杨连红回到村里，回到原本的生活中。但是，她无法回到原本的平静之中，希望之后的失望，比原本没有希望更加苦涩，更加折磨人。

她在人参加工厂做了一名技术员。

几十个人的人参厂，杨连红很快成为技术大拿。糖参、红参、生晒参，每一个品种加工的技术环节，杨连红都了然于心。下甸子大队每年人参加工都有一笔不小的收入。

1987年，下甸子人参加工厂黄了。

杨连红只能出去打工，她凭着技术为其他村子的人参加工厂提供服务，每天她的工资是10元钱。桓仁的北甸子，宽甸县的太平哨，生产人参的村子她都去过。孩子小的时候，没有人带，她就带着孩子出去打工，一走一个多月。

后来，二棚甸粮库成立人参加工厂，她成为一名合同工人。进工厂的时候，条件是讲好的，但是没签合同，也没有任何文字记载。合同工人大批次转为正式工人，人事员把她忘了，命运又一次与她擦肩而过。她依旧是一个农民，一份农村户口，努力许多年，还是从前的样子。

杨连红和爱人一起到了桓仁县城，两个人在北关小学旁开了一个小吃部，专门卖包子。杨连红的小笼包远近闻名，支撑着一家人生活下去。

小店已经经营了20多年。孩子也在县城长大了，一个儿子在兴城当兵，副营级，一个女儿在高速公路上班。

生活比她想象的更加美好。

怨恨的姨父成了人生的楷模

李哲叫王连生姨父。

李哲母亲兄妹3人，王连生妻子是姐姐，李哲母亲是妹妹。

李哲记忆中，王连生是模糊的，无论是当大队书记，还是县委书记，李哲都很少能看见他。

李哲父母是学校老师，家里条件比较好。李哲在穿戴上用心，与别人家孩子不一样，与乡村的文化不相符，是一个另类的孩子。高中毕业后，李哲回到下甸子，当了一个农民，天天两头不见太阳，枯燥单调的劳动，李哲不爱干，不想干。

王连生找李哲谈了一次，这是两个人第一次正式交流，也是观念与思想的第一次碰撞。看上去冰冷与严肃的王连生，与李哲想象的并不一样。王连生没有完全否定李哲的生活习惯，他肯定李哲的聪明与本质的善良，提醒他与社会潮流保持和谐。王连生要求李哲安下心踏踏实实干，相信他一定能干得不错，一定能有出息。

王连生送给李哲一本书，《雷锋日记》，让他认真学一学。

那次谈话对李哲冲击很大，他开始改变自己。12月份毕业，第二年，他就当上生产队的小组长。春天开会，生产队两个队长，一正一副都病了，李哲代表第二生产队开会，各个队都发言，李哲也发言。从李哲的发言中，王连生看出小伙子有脑子而且动脑子了，想法好，有思路，提拔他当二队的副队长。

后来，李哲担任下甸子大队团支部副书记。

父母不幸先后去世。

家里剩下5个孩子，李哲老大，最小的弟弟才5岁。原本无忧无虑的一个人，顷刻之间变得沉重与苦涩。日子不再是日子，而是一种煎熬与疼痛。

王连生让妻子经常去李哲家里，帮助收拾洗涮。

家里负担重，李哲有一个想法，去学校当民办老师，劳动强度小一些，能照顾一下家。

王连生没同意。

1975年初，下甸子办了一个积极分子学习班，李哲、鄂玉江、王德贞3个人都是学习班成员，3个人都是发展对象，一起填表了。对李哲，对王德贞，王连生不同意发展，提出继续考验。于是，3个人中，只有鄂玉江一个人成为共产党员。

团县委负责下甸子大队的帮扶工作。团县委副书记张喜年看中了李哲，把李哲借到团县委工作，准备作为副书记的人选培养。

李哲高高兴兴地去了县里，住在县委3号宿舍。

王连生住在1号宿舍。

李哲报到时，王连生在省里开林业工作会议，不知道这件事。晚上，王连生正在烧炕，看见李哲走过来，他抬起头不解地问李哲，你怎么在这里。

李哲告诉王连生，自己借调到团县委工作。

王连生听了，沉默一会儿，语气坚定地对李哲说："你还是回下甸子吧，你的工作大队来安排。"

李哲感到一丝凉意。

第三天，团县委通知李哲，把手续与工作交接一下，回下甸子。

李哲只能回下甸子，一个人高高兴兴来了，一个人无助失望地走了。无助的城墙砬子与沉默的漏河，都无法排解掉他的失望与怨恨。当他的一次次希望，一次次等待落空之后，他选择逃离，一次悲壮的逃离。

李哲要离开下甸子。

李哲觉得，在王连生的目光之内，权力范围之内，无论他怎么努力，怎么奋斗，都将被忽略、被遗忘甚至被牺牲。他想生活得好一点，只有走出去，从连绵的山峦走出去，从王连生的光环里走出去。

沈阳新城子有一个李哲的同学，李哲带着弟弟妹妹先是搬到了沈阳。由于水土不服，在沈阳住了3个月，李哲又从沈阳搬回桓仁。回到桓仁，他也不回下甸子，便把家安在六道河子大队。

六道河子大队杨家街一队是一个落后生产队，工分值是负值，一个壮劳力辛辛苦苦干了一年，还要欠生产队的钱。公社干部了解李哲，知道他在下甸子干得不错，有能力有经验，知道是王连生把他从团县委撵回去的，安排李哲当一队的队长。

李哲有了人生的第一个舞台，他把在下甸子学习到的经验，把自己的体会，在一队一一实现。

首先，提高粮食产量。

合理密植，增加土地肥力。没有农家肥，李哲带着大家把农家的炕扒掉，把炕洞灰掏出来，把所有厕所的肥都清理出来。庄稼一枝花，全靠肥当家。肥下地了，产量马上上来，一队粮食产量一下子成为杨家街最高的。

无粮不稳，无商不富。

李哲在一队搞副业，他拿出4亩地与县林业局联合做树苗培育，签了合同，一棵苗1块钱。

李哲带人回到下甸子，帮助下甸子剪树，把剪下来的杨树柳树枝干用拖拉机拉回杨家街，裁成一段段，埋干育苗。4亩地，一下子挣了5.6万元。

一队，从来没有见过这么多钱。

大队，也从来没看见这样的干法。

于是，大队党支部换届选举，不是候选人的李哲却被选为党支部书记，33个党员，李哲得了32票。

只有李哲没投自己。

尽管如此，李哲在王连生这里得到的还是反对票。县委开三级干部大会，李哲坐在第七排，王连生看见了李哲。大会讲话，王连生批评说，我从市里开会回来，路过杨家街，看见牛到处乱跑，杨家街谁负责？

大会上挨批评，李哲受不了，认定王连生是鸡蛋里挑骨头，党支部书记他不干了。

公社党委书记领着李哲去王连生办公室，王连生看见李哲说："怎么，我批评几句还不行。"他告诉公社书记，让李哲回小队当队长，成熟了再当大队党支部书记。

公社党委书记说："李哲是党员选举的，不是我们任命的。"

王连生病了，李哲去医院看他。

王连生看着李哲，目光中有一丝心疼与牵挂，他说："李哲，姨父对不起你，对你太严厉了。"

那一刻，王连生的话发自内心。也许只有这一刻，王连生才发现了自己对亲人们的疏忽。

　　1977年恢复高考，李哲考上了大学。毕业后分配到本钢工作，在本钢基建部门干过多年的一把手。世事如烟，宁静退休的李哲，才真正理解了王连生，理解了爱与责任。这些年，他能够从容面对人生的诱惑，这份淡定，来自姨父王连生，王连生为人与做事的风格与操守，无形之间成为李哲的人生准则。他年轻时，曾经怨恨过的一个人，现已成为他内心追寻的一个人。

　　心中无私，天地才很宽。

尾　章

漏河依旧流淌。

风吹过，细小的浪花拍打着河床，仿佛在追问什么，一个个河湾是漏河的一次次回望，充满不舍与依恋。

城墙砬子依旧屹立。

风雨之中，每一块石与每一棵树，都在原本的位置上，并没有因为岁月的流逝而有些许改变。

阳光也是。

美好也是。

爱与仰望也是。

穿过层层梯田，穿过宁静的松林，沿着陡峭的小路，我来到王连生墓地，走近一个沉睡的名字，一个温暖的故事。

墓碑朴素，抹着一层水泥的简陋墓碑斑驳，墓碑后面用红字刻写的简历已经模糊。但是，一个故事依旧鲜活，王连生以他超越时代的精神价值，让生命永恒。他以一生的努力，修补着这片河山，修补着人间，让美好看守这个世界。他以一生的价值，努力让每一个从他生命中走过的人，生命更有价值。

世界有世界的秩序。

每一天，阳光都把被风吹散的世界重新摆放，花在花的地方，河在河的地方，鸟在鸟的地方。

历史也是。

历史也会把每一个名字重新摆放，崇高的人与卑微的人，朴素的人与卑鄙的人，一一摆放在应有的位置上。

山脚下，公路上驶过的车，用一声声汽笛代表历史，向生活中所有曾经被伤害的美好致以深深的歉意。

人间辽阔。